船手奉行さざなみ日記(二)

海光る

井川香四郎

幻冬舎時代小説文庫

船手奉行さざなみ日記（二）

海光る

目次

第一話　恋知らず

一

昨年、安政元年（一八五四）はまさしく激動の年で、ペリー率いる軍艦七隻が神奈川沖に現れて後、日米和親条約を結び、下田と箱館が開港された。

二百数十年も護《まも》り続けた〝鎖国〟という大きな防波堤の一端を突き崩されるや、日英和親条約や日露和親条約などが次々と締結されて、勢い国内も攘夷派や開国派に分かれて騒動を巻き起こし、このままでは日本に内乱が起こるという不穏な空気が流れていた。

浦賀水道や神奈川沖には、黒い異国船が当然のように航行しており、大きな帆や蒸気など、これまで江戸近海では見られなかった異様な光景が広がっていた。

江戸湾で漁労に従事している漁師たちは、何か酷《ひど》いことをされるのではないかと兢々《きょうきょう》とした毎日であり、沿岸の人々も不安な暮らしを強《し》いられていた。幕府は講武所や洋学所を造るなどの対策に出たものの、諸国の寺社の梵鐘《ぼんしょう》を銃砲に改鋳《かいちゅう》させるのが関の山で、万が一、戦《いくさ》になれば、西欧列国の軍艦が大挙して押し寄せてきて、ひとたまりもないことは火を見るより明らかであった。

六月は上方に大地震が発生。九月には下田を津波が襲い、東海道を遮断するほどの大地震も発生し、今年——安政二年（一八五五）になってからも、日本橋や浅草で大火に包まれる災害が続くなど、人心に不安が広がる中で、フランスの軍艦も下田に押し寄せてきた。

船手奉行所はさらに同心や水主《かこ》を増やして、江戸湾の沿岸警備を繰り広げていた。が、諸外国の大船から比べれば、船手奉行所の船など艀《はしけ》みたいなもので、何の防衛にもなっていないようだった。

幕府の船手頭《ふなてがしら》・向井将監《むかいしょうげん》は、事あらば新しく建造した大型の関船を繰り出して、海戦を繰り広げる気が満々だが、所詮《しょせん》は蟷螂《とうろう》の斧《おの》であることは、幕府の者たち誰もが感じていた。ましてや、最前線にいるともいえる船手奉行所の与力や同心たちは、いつ火蓋《ひぶた》が切られてもおかしくないゆえ、緊張の連続の毎日であった。

筆頭与力の早乙女《さおとめ》薙左《なぎさ》も、危機を肌身で感じていたが、アメリカや欧州の巨大な軍船を目《ま》の当たりにすると、その凄《すご》さに圧倒されるばかりであった。

とはいえ、船手奉行所の本来の務めは、海防ではなくて、江戸湾の沿岸と江戸市中の河川や掘割の防災、防犯、警護などが主なものである。普段の町々の様子を見ていると、すぐそこに巨大な獣のような外敵が迫っていることは間違いないのだが、江戸庶民の暮らしぶりは、意外と暢気《のんき》なものだった。

このことは、幕末に来日した諸外国の領事や軍人などが、驚くほどであった。また地震や火事などの災害に遭ったときも、嘆き悲しむよりも、その事実を淡々と受け入れて、辛抱強く堪えていることが欧米人の日記や手記に書き残されている。

この日も——。

初夏《しょか》に相応《ふさわ》しい激しい夕立が起こったものの、すっかり晴れ上がると、江戸と相模《さがみ》を跨《また》ぐような鮮やかな七色の虹が、大空に浮かんだ。忙しく働いていた人々も、

「ああ、綺麗《きれい》だなあ……」

　と溜息《ためいき》を洩《も》らして見上げた。船の上からも、橋を通りかかった出商いの人々も、その美しさを称《たた》えていた。きっと異国船の人々も喜んで見ているに違いないと思えるほどであった。

「おう……実に素晴らしい……虹ってなあ、なんか夢があっていいな……俺たち船手は、毎日、空も海面も見ているが、こればっかりは飽きぬな……」

　早船の舳《へ》先《さき》に座って、深い溜息をついて空を見上げていた鮫島拓兵衛《さめじまたくべえ》だったが、その気分を掻《か》き混ぜるような濁声《だみごえ》がした。すぐ近くの橋の袂《たもと》からである。

「旦那《だんな》ア！　サメさん！　大変です！　ちょいと来て下さいなア！　早く！」

　振り返ると、潰《つぶ》し島田も着物の襟足も崩れている四十絡みのおばさんだった。この女は、よく夫婦連れで、鉄砲洲稲荷《いなり》の赤提灯《あかちょうちん》『あほうどり』に立ち寄る菊江《きくえ》という芸者上がりだが、今は見る影もなくまるまると太っている。

　亭主は鎌蔵《かまぞう》という腕のよい大工で、店では鮫島とよく飲んでいたし、潮風に吹かれてすぐガタがくる船手奉行所の門扉《もんぴ》や縁側、庇《ひさし》などをよく修繕して貰《もら》っていた。

「なんだ、また浮気でもされたか」

「そうじゃないよう。とにかく、早くお願いしますよ」

「馬鹿言うねえ。夫婦喧嘩につきあえるか。こっちは大事なお勤め中。それに、見ろ、あの虹を……下らぬ喧嘩なんぞ、吹っ飛ばしてしまいそうじゃねえか」

と鮫島が振り返ると、菊江は消えていた。

——おや？

驚いて見やると、橋の袂から川に落ちている菊江の姿があった。

「何をやってんだ、まったく。そんなに泳ぎたきゃ、着物を脱いでからにしろ」

鮫島が浮き輪をなげてやると、菊江は必死に叫んで、

「旦那ア！　早く、早く！　急いでくれよ、頼むから！」

溺れそうになりながらも頼む用事というのは一体なんだ……いつも慌てて駆けつけても、どうせ大した用事ではないのだ。大騒ぎしていても、猫が木から降りられなかったり、蜂の巣が見つかったりするくらいで、事件性はまったくないことが多い。

「ほんと、大変なんだから……ぶふふ……早く、引き上げておくれよ……あたしゃ、金槌《かなづち》なんだよ……忘れてたッ」

「ほら、頑張んな」

浮き輪を引きながら、鮫島はそれでも一大事とは思っておらず、

「船手奉行所の筆頭同心の俺様を、ご用聞き扱いするでない」

「その偉い鮫島の旦那じゃなきゃ手に負えない大事件なんだよ。早くう！」

「俺様じゃなきゃねえ……」

鮫島は冗談だと知りつつも高揚して、菊江を助け上げて陸《おか》へ船を着けると、袖《そで》が引きちぎられそうな勢いで引っ張られながら、深川土橋町にある小さな置屋に来た。

初夏とはいえ海風は涼しく、まだ虹も見えていた。

「ここは、たしか……」

「そうですよ。私が世話になっていた置屋です。七つの頃から住んでいたから、実家も同じです。まあ、とにかく鮫島さんだって頭にくるから、聞いてやって下さいな」

「なんだかなあ……」

突然の言いぐさに、鮫島が迷惑がっているのは明らかだが、さらに菊江が袖を引っ張ると、本当にビリッと破れた。

「お、おい……」

本気で怒りそうになったとき、雪江《ゆきえ》が顔を出した。

置屋の女将《おかみ》である。もう還暦を過ぎて、髪には白いものが混じっているが、丁寧に串巻きにして、背筋はシャンと伸ばしている。付近の芸者衆は、女将さんではなくて、現役のときのように「雪姐《ねえ》さん」と呼んでいるほどだった。

「なんだ、鮫島の旦那かね」

「ご挨拶じゃないか」

「船手の旦那が陸に上がってくると、ろくなことがないからねえ」

「女将、まだまだ綺麗なのに、口だけは年寄り臭くなったじゃないか。せっかくの美貌が台無しだぜ」

「相変わらず心にもないことを言うお人だ。で……私をどうにかしようっても、〝おはこ〟の方が受けつけないよ。それとも、こんな婆《ばあ》さんでも恋の相手になるかえ？」

わざとシナを作ってみせる。

「言っておくがね、鮫島の旦那。私は今でも三味線は弾いて歌うし、踊りもやる。芸者衆や半玉《はんぎょく》に今でも教えてるんだからねえ。大したもんだろう？」

「てめえで自慢しちゃ笑えないな」

「別に笑わそうって魂胆はないさね。こちとら幇間《ほうかん》じゃねえんだ」

「なんだよ、機嫌がいいなあ……人を連れてきて、なんだよ」

と菊江を見やったとき、奥から、ちょいと小粋な雰囲気の四十がらみの男が出てきた。鬢《びん》が少しほつれていて、切れ長の流し目やすうっと通った鼻筋などは、さながら役者絵から抜け出てきたような趣きだった。生まれ育ちもよさそうな男で、薄紫の絹の羽織がしっとりとして似合っていた。

「菊江さんが、いつもお世話になってるそうで、ありがとうございます」

「別に世話なんぞしてないが？　こいつの亭主と飲み仲間ってだけで」

鮫島が困惑すると、菊江はいきなり、

「なにをいけしゃあしゃあと！　旦那、私が呼んだのは他でもない。この色事師を、この置屋から追い出してくんなまし！」

「くんなまし？　おまえ、いつから花魁《おいらん》になったんだよ」

「おかあさんは騙《だま》されてるんだよ。いいかい、おかあさんはもう六十を過ぎてるンだ。年を考えなよ」

「別にいいじゃないか」

「よくないわよッ。ここには若い女の子が何人もいるしね。おかあさんの面倒を見るなんて言いやがって、金が目当てに決まってるだろうよ」

菊江は、雪江のことを、おかあさんと呼んでいる。

「とっとと出て行きやがれ。でねえと、包丁をぶっ刺して、はらわたを引っ張り出して悶絶《もんぜつ》させるよ」

「物騒なことを言うな、菊江」

鮫島は憤《いきどお》っている菊江の腕を摑《つか》んで、落ち着くようにたしなめたが、もう手に負えぬほど顔を真っ赤にしている。

「どうも、菊江さんにだけは、嫌われているようで……相済みません」

男は余裕があるのか、嫌な顔もせず、むしろ微笑《ほほえ》みながら奥へ引っ込んだ。

「なんだいッ。あいつはね、旦那……お役人が来たから気になって見にきただけなんだよ。けど、船手だと知ったから、鼻で笑って行きやがった。町方より船手の方が、ずっと荒っぽくて恐《こわ》いってことを知らないんだ」

八丁堀同心と違って、船手は白羽織に白袴《しらばかま》である。

「まったく……四十男とはいえ、おかあさんの子供くらいの年なんだよ。ねえ、おかあさん、しっかりして下さい」

「別にいいじゃないか。女所帯は物騒だから、丁度よかった」

雪江の人柄ゆえに出る洒落《しゃれ》っけのある返答だった。昔は、鉄火芸者の鑑《かがみ》のように恐かった雪江で、聞く方もシャキッと叱られると、むしろ気持ちがよかったほどだ。しかし、鮫島から見ても、今日の様子は少しばかり違っていた。

――女の顔が見え隠れしていた。

からである。そんな女将の姿が、菊江には気がかりだったのかもしれない。

「ちょいと、菊江……いくら何でも、金が目当てって、面と向かって言うことはないだろうよ。私が呼んだも同然なんだからね。そんな言いぐさはやめとくれ」

「現に、おかあさんの溜《た》めた金を、好きなように使ってるじゃないか」

「それは、弥三郎《やさぶろう》さんに貸してあげてるだけさね」

「ああ、もう、それが騙されてる証《あかし》じゃないですかッ」

弥三郎というのが男の名である。

「私はね、おかあさんのことが心配なんだよ。分かって下さいな」

「ふん。焼き餅かい。そりゃ、あんたには、私のような器量はないから、亭主だってあんな飲んだくれしか来ないだろうがね」

「それは認めるけど、気持ちの悪いシナを作りっぱなしのおかあさんの顔なんざ、見たくないよ。気持ち悪いンだよ」

「なんだって、このバカ女！」

　と思わず手元の扇子《せんす》を振り上げた雪江の前に鮫島は立ったが、菊江も負けてはいない。本当の母子《おやこ》のように激しい応酬で、

「殴れるもんなら、殴ってみやがれ！　あたしゃ、これまで、おかあさんに一度だって楯突《たてつ》いたことがあるかい！　七つの時から、おかあさんしか、おかあさんじゃないから、こうして心配してるんじゃないか！」

　涙ながらに菊江が畳を叩くと、さすがに心に詰まるものがあったのか、かつての鉄火芸者の雪江も引かざるを得なかった。

「菊江……おまえがここへ来た頃は、恥ずかしそうに俯《うつむ》いているだけで、誰か客が来てもすぐに襖《ふすま》の裏に隠れて、口がきけない子かと思われてたくらいだった」

「……………」

「それが、口答えするようになっちまって、まあ……」

「口はものを食べるためだけにあるんじゃない。人様に言いたいことを言うためにあるんだと、教えてくれたのは、おかあさんじゃないさ。お陰で、言いたいことを飲み込むこともできなくなったんだよう」

「だったら、これからは飲み込んどきな。それが大人ってもんだ」

「なんですって！」

またカッと頭に血が上った菊江を、鮫島が懸命に止めて、

「とにかく、今日のところは帰ろう。女将さんにも色々と訳がありそうだから、後で弥三郎も交えてじっくり話そうではないか」

興奮冷めやらぬ菊江を抱きしめるように表に出しながら、

——なんで、俺がこんなことをしなきゃならねえんだよ、まったく……。

と鮫島の方が情けない思いになった。

二

その夜、『あほうどり』の板場を手伝っていた鮫島は、しゃきしゃき働いている若い女将のさくらに意外な顔を向けた。

「知らない？　菊江さんから話を聞いてなかったのかい」

鮫島は包丁を動かす手を止めた。

「知らないわよ……サメさん。世の中、異国船が現れて、攘夷だの何だのと叫んでいる人が増えて、なんだか物騒になったけれど、船手の旦那がこんな所で油を売ってて大丈夫なんですか？」

すっかり女将稼業が板に付いたさくらは、まるで鮫島の妹のような口振りで、諭すように言った。

「お藤《ふじ》さんに譲って貰ってから、一生懸命やってんだからさ。この店が潰れるような世の中にならないことを祈ってますよ。だから、サメさんも、下らない喧嘩なんかに首を突っ込まないで頑張ってね」

「なんだ、知ってるのか」

「菊江さんが話さなくても、亭主の鎌蔵さんが喋《しゃべ》ってたよ」

「やはりな……」

「それに、こんな小さな店でもね、世の中のことが耳に入ってくる。あたしみたいなバカでも、少しくらいは利口になるんだよ。でも、夫婦喧嘩や親子喧嘩ならまだいいよ。異国との戦なんてまっぴら御免。ましてや、同じ日本人同士で血生臭いことになるなんて、絶対に嫌ですからね。頼みますよ、船手の旦那」

「言うようになったな、おまえも……」

鮫島は妙に感心して、煮物を作っているさくらを横目で見た。深川の置屋から帰ってくる道々、鮫島はちょっとややこしい話を菊江から聞いたのだが、感情が高ぶるだけで要領を得なかった。

「サメさんを連れてって、一体、どうするつもりだったんですかねえ、菊江さんは」

「弥三郎って男の顔を見せたかったようだ。もしかしたら、前のある奴かもしれないからってよ」

「そんなことにつきあうサメさんもサメさんだ。だから、出世できなくて、ゴマメの薙左さんにひとっ飛びに越されてしまうんですよ」

「なるほど」

ニヤリと鮫島は笑って、

「まだ薙左に未練があるのか。あいつは、元船手奉行の戸田泰全《とだたいぜん》様の婿《むこ》養子になって出世した。筆頭与力ってのも修業の内。いずれ、お奉行様になるだろうって、ご身分だ。一生御家人の俺様とは違うんだよ」

「なによ、卑下しちゃって」

「もっとも、薙左は奥方……静枝《しずえ》さんの尻に敷かれているみたいだから、さくら、おまえがたまには慰めてやれ」

「なんで、私がッ」

ぷんとなったさくらだが、心の中では、

——薙左さんと一緒になれない以上、この店から見守っていく。

と決心をしたほどだから、未練はなかった。むしろ、さばさばとした気持ちだった。とまれ、さくらが鎌蔵から聞いた話というのは、要約すれば、

——雪江が独り者であるのをよいことに、弥三郎が置屋に転がり込んできたことが大きな問題だ。

というのだ。どのような問題があるのかと鮫島が訊《き》くと、さくらは何が楽しいのか含み笑いをしながら、

「そりゃそうだよ……私、菊江さんに同情するよ。だって、母親同然の雪江女将が、妙な男に騙されてるのを黙って見てることなんざ、できないと思うよ」

「うむ……」

「お藤さんも元は芸者で、雪江女将のことは知ってるから、頼んでみようか……そもそも、女将も女将だ。ひとりの女として気持ちは分かるけれど、そこまでなっちまうかしらねえ」

「あ、ああ……」

鮫島が曖昧《あいまい》に返事をすると、さくらはじろりと咎《とが》めるような目つきになって、

「おや、サメさんも、意外と雪江女将のことがよかったりして。熟女好きが流行《はや》ってるらしいからねえ」

「ばかを言うな。俺はおまえ一筋だよ」

キョトンとなるさくらに、鮫島は苦笑して、

「何を真面目《まじめ》に受け止めてるんだ。小娘は好みじゃない。とにかく、俺が会った弥三郎ってのは、そんなに悪い奴には見えなかったが」

「悪く見えない騙《かた》り師なんていいる？」

「ま、そうだが。どうせなら、もっと若い燕《つばめ》を連れ込みゃいいのに」

うかつな発言をしたと鮫島は口をつぐんで、

「いや、なんでもねえ。その弥三郎とやらと雪江女将には曰《いわ》くでもあるのかい」

「それがね……むうふふ」

「なんでえ」

「実はね……弥三郎という人は、若い頃、菊江さんと惚れ合ってた相手らしいんだよ。これも鎌蔵さんから聞いたんだけどね」

「菊江と……？」

「誰にだって、亭主や女房以外に惚れ合った仲のひとりやふたりいるだろうさ」

「だが、選《よ》りに選って……なるほど。それで、菊江に焼き餅かい、なんて言ってたのか、あの女将は……」

さくらはこくりと頷《うなず》いて話し始めた。

女の盛りを芸者衆のために苦労した雪江は、人生を振り返って寂しさとか、これからに対して一抹の不安を覚えたのではないかと、さくらは言った。

「年老いていくしかない女がひとり、魂が抜けたように暮らしていた。そんなところへ、弥三郎という一条の光が射し込んできたとしたら……惹《ひ》かれるのも無理はないのかな」

菊江の亭主・鎌蔵は、十二歳で大工の見習いになって、それからずっと一筋の道を究めてきた。芸者だった菊江が、金持ちの若旦那なんかではなくて、苦労人の鎌蔵に惚れたのは、雪江女将のお墨付きだったからだ。

その頃、菊江にぞっこんだった弥三郎を、半ばむりやり引き離して、鎌蔵と一緒にさせたのは、雪江だったのだ。

一方、弥三郎はかつては江戸で屈指の材木問屋『飛驒屋《ひだや》』の跡継ぎだったが、親の七光りと財産でバカ息子っぷりを発揮するような男だった。なかなかの男前だったから、女には苦労しなかったが、菊江が一度、座敷を務めたばっかりに惚れ合う仲になってしまった。

菊江からすれば、大店《おおだな》の若旦那に身請けして貰うなら、万々歳のはずだった。しかし、男の遊び癖というのは一生直らない。雪江女将はそれを心配して、なるべく座敷に出さぬようにして、会わせもしなかった。

その雪江の勘は正しかった。案の定、弥三郎は親が築いた身代を食い潰した。その後は色々な女をたらし込んで、かろうじて生きてきたのであろう。とはいえ、自分の恋を断ち切らせた雪江が、その相手役と一緒に暮らしているとは、菊江にとって到底、理解できることではなかったのであろう。

「でもまあ、雪江女将は今でも、あれだけシャンとした色香も残っている女《ひと》でしょ。若い頃は、深川一の売れっ子だった」

「だからってな、もう……」

「そのもう……ってのが、雪江さんにはたまらなくて、最後の恋とでも思っているんじゃないのかねえ」

「おまえ、婆さんの気持ちまで分かるようになったのか、その年で」

「茶化さないで下さいな」

もちろん、弥三郎の方も雪江に心から惚れていると公言しているし、年は離れているが、できれば夫婦になりたいと思っているらしい。

「ふたりは、どちらかが死ぬまで一緒にいると、八幡《はちまん》様に誓ったそうだよ」

「…………」

「そこまで、な……だったら、菊江も喜んで認めてやりゃいいのにな。自分は鎌蔵と一緒になって、子供までもうけて、人並みの幸せな暮らしができたんだからな……それだって、雪江女将のお陰だろう」

鎌蔵と菊江は、ふたりの息子をもうけ、内弟子も抱える親方の身分となった。まさに夫唱婦随で助け合い、堅実な暮らしができているからこそ、雪江のことが心配なのかもしれぬ。

雪江とて、まだ現役の置屋の女将だし、何不自由なく生きていけるはずだ。その安穏とした暮らしに暗雲を広げたのは、まぎれもなく、弥三郎だ。

菊江のみならず、芸者衆はみんな感じているはずだ。自分たちが母親同然に思っている雪江が、いろんな女を渡り歩いた色事師のような男に貢いでいることが尋常ではないということを。

「でもよ……俺は独り者だが、年を取れば、相方が欲しくなるってもんだ……雪江女将の気持ちは分からねえでもねえ」

「そりゃ私だって……こうして、ひとりで店を切り盛りしていると、支えてくれる人が欲しくなる……」

ちらりとさくらは鮫島を見た。

「サメさんのことじゃないよ……百歩譲っても……」

「なんだ、そりゃ」

「けど、弥三郎って人のやってることは、てんで出鱈目《でたらめ》なことでさ。雪江女将を食い物にしてるだけなんだよ」

「食い物に？」

「鎌蔵さん、調べたんだって。弥三郎って人は、その筋にも博打《ばくち》なんかで借金まみれでさ、雪江女将が一生かかって溜めた金で、返したって話だよ」

「なんだと!?　そこまで……！」

「だから、菊江さんは怒ってるんだよ……自分のために引き離した男に、今度はいいように利用されてさ。だから、サメさん、力になってあげて下さいな」

　さくらは自分のことのように怒っていた。その腹立ちは、鮫島も納得せざるを得なかった。親の身代を潰し、その挙げ句、人の虎の子にたかる男が許せなかった。

「だが、まあ金のことだけじゃないんだろうな……女は灰になるまでナントヤラって言うからなア……」

「なんとやらって何よ」

「あっちの方は強欲だってことだ……さくらは、まだまだ若いから分からないだろうが……それにしても、哀れだな」

「でしょう。雪江女将、可哀想だよ」

「いや、弥三郎の方だ。何を考えて生きてきたのかねえ」

鮫島は深い溜息をついて、さくらの顔をしみじみと見た。

「な、なんだよ……」

少しはにかんで、照れくさそうに目を背けるのへ、

「おまえも気をつけとかねえと、けっこうシミが目立ってきたぜ」

いきなり、さくらは鮫島の頭をお玉で叩いた。

「アタタ……そんなことより、薙左はどうしたよ、薙左は」

「与力様と言いなさい。今は、あなたの上役でしょ！」

「この何日か、奉行所に顔を出してないいんだ。店にも来てないみたいだし、誰にも言わずにふいにいなくなる。そこんところが、昔から変わらねえ」

「探索に決まってるでしょッ。頼りのない手下ばかりだから、自分でやるっきゃないんじゃないの？　可哀想な薙左さん！」

もう一度、叩かれそうになった鮫島は、俄《にわか》に思いついたように、

「そうだ。湯屋に行かなきゃならないんだ。熊《くま》公の奴と将棋の約束しててよ。ああ、いやだな、いやだな将棋なんてよう」

と言いながら手拭《てぬぐ》いを握りしめると、逃げるように勝手口から飛び出していった。

舌をべえっと出したさくらだが、本当は心の底から、雪江女将のことを心配していた。

三

見事な満月が照り輝き――江戸湾に浮かぶ〝夢の島〟を浮かび上がらせ、泡立つような白い波が煌《きら》めいている。

塵芥《ちりあくた》の島なのだが、近年、埋め立てが広げられ、そこには影絵のような屋敷や灯《とう》籠《ろう》が浮かんでいた。真夜中だというのに、どこか遠くで〝よしきり〟の鳴き声が不気味に聞こえ、川風も気持ち悪いくらい生ぬるかった。

薙左はこの埋め立て地にある両替商『田倉屋《たくらや》』の寮まで出かけていた。主人の護

衛についていたのだ。埋め立て地や築かれつつある御台場などは、船手奉行の管轄である。

船手与力がわざわざひとりの商人を護るのには、訳がある。だが、当の主人は酒が好きで、すっかり酔っぱらって、奥座敷で能楽の謡《うたい》の真似事《まねごと》をしていた。

田倉屋丹右衛門《たんえもん》――。

この男、江戸で指折りの両替商として名を成しており、長崎奉行や勘定奉行を務めた三千石の旗本・山路洋之助《やまじようのすけ》とは竹馬の友のように仲がよく、老中や諸藩の江戸家老たちともつきあいがある、いわば〝政商〟のような陰の実力者である。

山路が長崎奉行をしていた頃に、向こうで知り合ったというが、江戸に店を出してからはまだ数年しか経《た》っていない。しかし、長崎貿易における銀や銅、さらには為替を取り扱って莫大な財を成した。特に為替は、商売の送金には欠かせない。しかも、上方と江戸の金銀相場の違いで大きな利益となることも多い。

世の中が不安定になって、ましてや異国が攻めてくるという状況になると、貨幣の価値はどんと落ちて、金銀の実物に値打ちが出る。丹右衛門は、そこを上手《うま》く利用していたのである。両替商には普通の商売とは違った才覚が必要だった。「商人に常禄なし」ということをよく心得ていて、幾多の経験から「機に敏なる」目も養われていたのであろう。

「智恵と同様に、金を蓄えれば身も心も豊かになり、世の中の役にも立てる。なのに、両替商のことを高利貸しと蔑《さげす》む人たちは、逆に金に振り廻《まわ》されて苦しむばかりですよ」

常々、そう言って、大店から金を集めるのに長《た》けていた。貸すときも高利だが、〝預金〟にも高利をつけるということで、『田倉屋』は評判だったから、預ける者が多かった。だが、それ以上の利子で、異国との戦に備えなければいけない幕府や大名に貸し付けていたのだ。

いわば、法定外の利廻りで運用していたから、怨《うら》みを抱《いだ》く者も多かった。借金を頼みにくるときは頭を下げるが、後から高利子だと言いがかりをつけにくる者のなんと多いことか。だが、それが人の世であることを、丹右衛門は熟知していたのである。とまれ、公儀御用達商人である『田倉屋』は何度か命を狙われたことがあるから、町方や船手の役人が護衛していたのだ。

「ふわあ……今日の来客は、実に楽しかった……ああ、海風が気持ちよい……」

門から出て、海風に当たるために屋敷の外に出ようとしたが、外に出るのは物騒である。小さな町ができているとはいえ、妙な輩《やから》が移り住んでいる辺りである。夜は殊の外、危なかった。

そもそも、日本橋に店がある丹右衛門が、この埋め立て地に出店を構えたのは、物騒で怪しげな新しい町に出向いてくる金貸しが他にいなかったからである。金が必要なのは大店などの商人だけではない。日々の暮らしに困っている者が一番、欲しているのである。

この地には、新たな埋め立て普請やそれに付随する仕事が沢山《たくさん》ある。人足たちがわんさかいるのだ。丹右衛門は、こういう所だからこそ、

――金になる。

と踏んだ。大勢の人足を雇っている普請問屋に話をつけ、給金を〝質草〟にして、金を貸していたのである。借りた方は踏み倒すこともできず、丹右衛門の方は取りっぱぐれがないから、目の付け所はよかった。

「丹右衛門……また誰かに矢を射かけられても知らぬぞ」

と薙左が言うと、不機嫌な声が返ってきた。

「それが用心棒の言う言葉か。きちんと護っておれ」

「用心棒……？　俺たちはあんたひとりを護っているのではない。この江戸の海を護っているのだがな」

「何を偉そうに……うちがどれだけ、串部《くしべ》様に金を払《はろ》うてると思うてるのだ」

串部とは、船手奉行の串部左馬之亮《さまのすけ》のことである。父親は勘定奉行で、その七光りで、腰掛けとして、船手奉行になっていたが、親子揃《そろ》って金には汚く、丹右衛門から賄賂《まいない》でも貰っているのであろう。

「いずれ、この島には、異国の軍船にぶっ放す大砲を何台も据えるのであろう。来るべきその時のために、この『田倉屋』が頑張っているんじゃないか。ガタガタ言わずに、しっかりと用心棒をしておればいいんだ」

酔いの勢いもあって偉そうに言いながら、生け垣の外まで出ようとしたので、薙左はすぐに引き止めた。

「気をつけなさい……実は、先刻から、人の気配がある……」

その数、十人は下るまい。明らかに、丹右衛門を必殺する気迫があると、薙左は察していた。だが、丹右衛門は酔っぱらっているせいで、

「だったら、蹴散らせ。それが、あんたたちの務めであろうがッ」

と勝手に出ていこうとした。

そこへ――近くの建物の陰や路地から、浪人が十数人ズラリと出てきた。ザザッと踏みしめる履物の音がして、月明かりに浮かび上がった浪人たちの数に、丹右衛門は一挙に酔いが覚めた。

「ほら、おいでなすった」

薙左の他にも、丹右衛門が金で雇った浪人の用心棒が三人ばかりいたが、腰が浮ついていて闘争心はまったくない。隙を見て逃げ出すつもりであろう。

「丹右衛門……今宵《こよい》こそ、名月の下で、命を戴《いただ》く。天誅《てんちゅう》だ」

浪人たちの頭目格が芝居がかった声を放った。新陰流の心得があるようだが、薙左の小野派一刀流は一呼吸で相手を斬《き》り倒す、急所を突き抜く剣法である。頭目格も薙左が相当のものだと感じ取ったに違いない。

ザッと浪人たちが、間合いを詰めた途端、用心棒たちは背を向けて逃げ出した。

ひとり残った薙左に、

「おまえも逃げろ。でないと、無駄に命を落とすことになる」

と頭目格は言った。だが、薙左は丹右衛門を屋敷に引き戻しながら、

「船手奉行所筆頭与力、早乙女薙左である。おまえたちが出てくるのを待ってい
た」

「なんだと？」

「大人しく刀を引いて、名を名乗れ。でないと怪我では済まぬぞ」

「役人のくせに悪徳商人を護るのか……この『田倉屋』がしてきた所業を、早乙女
とやら、おぬしは知っておるのか」

頭目格は真剣なまなざしで、

「そやつはな、多くの者たちに儲け話を持ちかけ、不正に金を集めて私腹を肥やし
ている金の亡者だ。うまい話に騙された者たちの中には、なけなしの金を払ったが
ために一家心中を余儀なくされた者もいる」

「………」

「田倉屋は金しか食わぬ鬼だ。よって儂《わし》らが天に代わって成敗してやるのだッ」

「ならば、御定法《ごじょうほう》に則《のっと》って、お上に裁いて貰うのだな。闇討ちは許されまい」

「法が見逃すから、我らが始末するのだ」

頭目格は鋭く薙左を睨《にら》みつけて、

「役人といえども容赦はせぬ。命を落としたくなければ立ち去れ。狙いはその田倉屋丹右衛門ゆえな」

「もう一度、言う。刀を引いて、名を名乗れ。悪いようにはせぬ」

「そうか。残念だな……」

頭目格が顎《あご》で命じると、浪人たちは円陣を組み直すように間合いを詰めた。そして、抜刀するや、鋭く薙左に向かって打ち込んだ。刀がぶつかり合う音が響いた。

「構わぬッ。斬れい！」

と鋭い声を頭目格がかけた瞬間、浪人たちはさらに強い太刀《たち》捌《さば》きで襲いかかってきた。素早く抜き払った薙左の刀が、浪人たちを一太刀で薙《な》ぎ倒した。

その風圧に腰砕けになった浪人たちは、這《は》い上がろうとしたが、なぜか足下がぐらついていた。相手が身構える前に、薙左は次々と肩や首、手首や肘《ひじ》、膝《ひざ》などに鋭く当てて、戦意を失わせた。峰に返した刀であるから、致命傷ではないが、身動きできぬ体にするには充分であった。

たったひとり、頭目格だけはたじろぐことなく、薙左の腕前をじっと見ていた。

そして、ゆっくりと間合いを取ると、おもむろに刀を抜いて青眼に構え、裂帛《れっぱく》の叫びで斬りかかってきた。

「!?――」

その声にわずかに驚いて、薙左は飛びすさった。その隙に、頭目格は垣根をひらりと跳び越えて、

「天誅を下す！」

と縁側にいた丹右衛門に向かって一目散に駆け出した。あくまでも狙いは、丹右衛門なのだ。

薙左は、すぐさま踵《きびす》を返して、上段から斬り下ろした。頭目格は刀を横一文字に払うように弾《はじ》き返すや、間合いを取りながら鋭く睨み返した。

「なるほど……さすがは猛者《もさ》と知られた船手の者だな……しかし、その腕で、かような下らぬ俗物を護るしかないとは、公儀の威厳も地に落ちたものだな」

「…………」

「今日のところは退散するとするが、いずれまた刃《やいば》を交える時があろう。おぬしが、下らぬ役人であり続けるうちはな」

頭目格がにやりと口元に笑みを浮かべて、手下たちに「引け！」と声をかけた。

「待て。こっちは名乗ったのだ。おまえの名を聞かせて貰おう」

そう薙左は声をかけたが、頭目格はさらに笑みを浮かべて、

「襲った賊で名乗るバカはおるまい」

と刀を鞘《さや》に収めながら駆け去った。

薙左が納刀して振り返ると、縁側の下に隠れて、ぶるぶると震えている丹右衛門の姿があった。いつも偉そうにしている大店の主人が、酔いもすっかり覚めて、実に情けない顔をしている。

——人間、いざという時に本性が出る。

これが、この男の本当の姿だと思うと、今の浪人が言っていたことも嘘ではないと、薙左は感じてきた。

「丹右衛門。賊は逃げたぞ。臆病な猫じゃあるまいし、さ、出て参れ」

「バ、バカモノ……おまえが、もっとしっかりしておらぬからじゃ……それでも役人か……この役立たずが」

威張る声も震えていた。丹右衛門という男の人間性を垣間《かいま》見た瞬間だった。

四

数日後のことである。

岡っ引の玉助《たますけ》は、北町奉行所定町廻り同心の奥村慎吾《おくむらしんご》に命じられて、日本橋から浜町あたりにかけて、ある殺しの下手人《げしゅにん》を探していた。今日の未明、遊び人が斬り殺されたのだが、たまたま火の用心で巡っていた町火消しの話では、

——斬ったのは、どこかの藩か旗本の家臣のようだったが、この界隈《かいわい》で消えた。

ということだった。

人形町には歌舞伎や人形浄瑠璃の小屋や芝居に携わる者たちが住んでおり、武家屋敷はほとんどない。玉助は駆け廻っているが、それらしき怪しい屋敷も人もいない。

殺されたのは、嘉六《かろく》という遊び人で、その身辺を探っていた玉助は、遊び人仲間から意外なことを聞いた。

「近頃はやけに金廻りがよくて、馴染《なじ》みの赤提灯には一切近づかず、大店の旦那衆

しか入れないような料亭やら吉原で遊びまくっていた」

　というものだった。ヤバい裏の仕事でもしていたに違いないと玉助は勘ぐって、嘉六の金蔓《かねづる》を探っていたら、弥三郎の名が浮かび上がった——置屋の雪江女将の所に転がり込んでいる、あの男である。

　嘉六は、『田倉屋』から借りた金を元手にして、金貸しの真似事をしていた。嘉六の帳面の中に、何人かの名があって、弥三郎に貸したと思われる金額だけが、突出して高かったのである。なんと百両という大金だった。

「弥三郎……あれ？　この名前、どこかで聞いたことが……」

　玉助は町奉行所から御用札を貰って、奥村の岡っ引をしているにもかかわらず、薙左に心酔していて、時折、船手奉行所に出入りし、『あほうどり』にも顔を出していた。

「そうか……たしか、鮫島の旦那が……」

　思い出して、すぐさま鮫島に報せると、殺された嘉六と弥三郎は古くからの博打仲間であることが分かった。

　深川に来た鮫島が雪江女将の置屋を訪ねてみると、弥三郎が庭木の剪定《せんてい》などをしていた。縁側には、茶碗がふたつ置いてあったが、菊江の姿はなかった。

「上手いもんだな。素人《しろうと》の仕事には見えないぜ、若旦那」

鋏《はさみ》を手にしたまま振り返った弥三郎は、

「これは船手同心の鮫島様……先日は、失礼をば致しました」

と言いながらも、剪定を続けていた。

「適当に切ってやらないと、根っこから腐ってしまいますからね。私のように、身代を潰しちゃいけませんし」

自嘲《じちょう》気味に言って、弥三郎は縁側の所に戻りながら、

「女将さんなら、いませんよ。見番《けんばん》で寄合があるとかで」

弥三郎は鮫島の狙いを見透かしたように、先に答えた。

「用は、雪江女将にじゃなくて、あんたにだ。人殺しの件でな」

と鮫島が見据えて言うと、弥三郎は鋏を置いて、振り返った。

「人殺しですって？」

「ああ。嘉六という男が殺された」

鮫島は町方でも探索している遊び人の殺しの一件を、ひととおり聞かせて、

「おまえさんは、その嘉六って奴を知ってるね？」

「嘉六……さあ、知りませんねえ」

まったく心当たりがないと首を振った弥三郎を、鮫島はじっと見据えて、

「なぜ嘘をつくんだ。あんたとは博打仲間だったそうじゃないか。しかも、百両という大金まで借りてる」

殺された嘉六は、弥三郎と同じ年頃の日焼けをした、小柄だが力のありそうな男だと話した。元は凶状持ちだということまで話したが、弥三郎は首を傾《かし》げるだけだった。

「このとおり、帳簿には、あんたに貸した金のこともある。何日か前におまえたちが立ち寄った京橋の居酒屋の親父《おやじ》も、あんたを覚えてた」

「…………」

「そりゃ江戸で指折りの大店の跡継ぎだったんだから、知られてても不思議じゃあるまい……誰かに嘉六を殺させたな」

唐突な言い方に、弥三郎は俄に表情を曇らせた。

「奴が死んで一番得をするのは、あんただ。借金を返さずに済む」

「冗談はよして下さいよ。本当に、そんな奴は知りませんよ」

優しそうな顔つきだが、腹の中が読めない男だと鮫島は思った。男には見向きもしない鉄火芸者だった雪江女将を、惚れさせた色事師だけのことはある。

「これ以上、白を切ると、船手奉行所まで来て貰うことになるぜ」

「…………」

「この置屋の芸者衆や稽古事の弟子筋から聞いたが、昼間はぶらぶらしたり寝たりして、夜になりゃ、出かけるそうじゃないか」

「いけませんか？　こうやって剪定したり、掃除したりもしてますがね」

「……とにかく、嘉六のことを思い出すまで話を聞かせて貰おうか」

「殺しならば、町方が調べるんじゃありませんか？　なんで、船手の旦那がしゃしゃり出てくるんです」

「なんだと!?　一々、腹が立つ奴だなッ」

と鮫島が怒鳴ったとき、薙左が垣根の外から声をかけてきた。

「こんな所で、何をしてるんだい、サメさん……その人の言うとおり、殺しの探索なら町方だ。海や川、堀川で浮かんだ土左衛門なら、別だがな」

「薙左さんこそ、どうしてこんな所へ?」

鮫島が首を傾げると、薙左は縁側に腰掛けて、かねてから〝用心棒〟をしていた両替商『田倉屋』の主人が襲われたことを鮫島に話した。その頭目格が何者か、新陰流の遣い手であることと風貌だけを頼りに調べていたのだ。

すると、牛込見附にある新陰流道場の道場主の話から、ある人物が浮かんだ。

——もしや、大森八十吉《おおもりやそきち》ではないか。

というのである。

大森はかつて、その道場の四天王と呼ばれるほどだった。だが、道場には旗本や御家人が門弟に多く、ろくな剣術稽古もしないくせに、出世させて貰おうとする輩ばかりなので、

「剣の精神と違う」

と息巻いて自ら辞めて、別の新陰流の道場を作ったというのだ。その道場は、この置屋からも近い深川不動尊側の裏手にある。だが、そこはもう道場というよりは、ならず者の集まりになっているとの噂だ。

「どうやら、そこの連中が、田倉屋丹右衛門を襲った節があるのだ」

「田倉屋丹右衛門……」

と鮫島が繰り返して言ったとき、弥三郎の表情が少しばかり強張《こわば》った。薙左も鮫島も、顔色の変化に気づいたが、弥三郎は平静を装った。

薙左は、わざとこの話を弥三郎に聞かせたな——と鮫島は察知して、

「なんだ、おまえ、田倉屋のことも知ってるのかい」

「いいえ、まったく……とにかく、船手の旦那方、私は嘉六なんて人は知りません」

と丁寧に頭を下げると、縁側から駆け上がって奥に引っ込んだ。

鮫島は目顔で、薙左を促して、仙台堀沿いの道を歩きながら、『田倉屋』についての気がかりなことがあると話した。

まずは、置屋の雪江女将の所に転がり込んでいる弥三郎のことに触れ、その男と今度の殺しの一件にも関わりがあるかもしれないこと。そして、殺された嘉六と、田倉屋丹右衛門にも繋《つな》がりがあること——を伝えた。

「じゃ、サメさん……その嘉六殺しと、丹右衛門を襲ったことも、どこかで関わりがあるとでも？」

「まだ分からないがな、嘉六は、『田倉屋』から、かなりの金を借りて、それで金

貸しの真似事をやってたんだ」

「なるほど……で？」

「弥三郎は百両もの金を、嘉六から借りていて、返せなくなって、雪江女将が肩代わりをしたようなんだ」

「なんでまた……」

「老いらくの恋ってやつかね」

「ふむ……」

薙左は腕組みをして唸《うな》って、

「そういや、丹右衛門を襲った奴は、天誅だと喚《わめ》いていた……奴《やっこ》さんは、色々な人間に怨まれているようなのでな、俺も調べてみたのだが、どうもよく分からぬ」

鮫島も溜息をついて、

「……薙左……いや与力様は、ただの勤めではなく、やはり何か狙いがあって、『田倉屋』を張ってたんだな」

「ん？　何の話だ」

「本当に知らないので？」

「ない。俺は奉行に命じられてだな……」

「俺にまで惚《とぼ》けることはないだろう、筆頭与力様」

「その呼び方はやめてくれ。気持ち悪いじゃないですか」

「そうはいかねえよ。でも、本当は……知ってるんでしょ？」

「分からぬ」

「またまた……」

「本当だ。何のことだ。本当に知らぬのだ」

「ならば、聞かせよう……」

鮫島は半ば呆《あき》れた表情になって、それでも心の何処《どこ》かで疑りながら、薙左とともに近くの橋番の奥を借りた。誰にも聞かれたくなかったからである。

五

「ご存じのとおり、『田倉屋』は大名や旗本にかなりの金を貸し付けてるが、その元手は人様から預かった金だ」

鮫島は番人にも聞こえないような囁《ささや》き声で、

「両替商だからな」

「しかし、ふつうの利息で払い戻したところで、預けた方は面白みがねえ。できれば、倍、三倍と戻ってくれれば楽しみが増えるってもんだ」

「それは、欲が過ぎるであろう」

「だから、薙左は甘いってんだ。あ、与力様は甘いと……」

「ふたりだけのときは、薙左でいいですよ」

「なら遠慮なく、昔のように……」

くすりと笑ってから、鮫島は続けた。

「つまり、『田倉屋』は大名や旗本と強い繋がりがあることを上手く利用して、『阿《あ》弥陀《みだ》札《ふだ》』ってのを出して、色々な人に買わせているんですよ、小さな値からね」

「阿弥陀札？　あまり聞かぬがな」

「頼母子講《たのもしこう》みたいなものですよ。すべての人が高利子の恩恵を受けるのではなくて、阿弥陀籤《くじ》を洒落て、阿弥陀様に選ばれたものだけが特に高利を得るカラクリなんだ」

「つまり、阿弥陀札ってのは、損する奴もいると？」

「いや。その他はふつうの利子を貰えるとのことだが、予《あらかじ》め低く設定していれば、当たらない者たちは、結局は損をしているって仕掛けだ。一両で買っておけば、一年後に二両の値打ちになるというのだがね」

「つまり、ただ両替商に預けておくよりも儲かるってことか」

「実に怪しいだろ？」

「だが、何のためにそんなことを。ただ儲けたいからとも思えぬが」

「さすがは、薙左……『田倉屋』は、大名や旗本に貸した金がパアになってしまうかもしれないから、こんな真似をしているのだ」

「というと？」

「昵懇《じっこん》の勘定奉行から内密に聞いたのだろうが……このご時世だ、異国との戦を懸念して、幕府や大名は、商人からの借金を踏み倒すために、〝棄捐令《きえんれい》〟を出すらしい。そうなりゃ、『田倉屋』のような御用達の両替商はひとたまりもない。だから、そうなる前に、何の関わりもない町人にうまい話を持ちかけて、金を掻き集めてるんだ」

「阿漕《あこぎ》なやり口だな……それで、あの浪人たちは、天誅を加えたがってたのか……

てことは、奴らは、町人の味方ってことか？」

薙左は目を閉じて、相手の気迫に満ちた顔を今一度、思い出していた。

その日の夜——。

鮫島が走り廻ったお陰で、破れ寺にたむろしていた新陰流を使う浪人たちが出入りしている居酒屋が見つかった。

意外にも、日本橋にある『田倉屋』本店のすぐ裏手の路地にあった。

徳利を抱えた薙左が扉を開けて入ってきたとき、煮魚でちびちび酒をやっていた浪人たちが腰を浮かした。薙左の顔をはっきりと覚えていた様子で、明らかに敵意を剝《む》き出しにしている。奥の座敷で、鯛《たい》の刺身をつまんでいたのは、例の頭目格だった。

「やっと見つけたぞ、天誅組の方々」

頭目格はさして驚きもせず、薙左を見やって、

「さすがは、船手奉行所筆頭与力・早乙女薙左殿。よくここが分かりましたな」

と野太い声で返したが、

「それにしても、安藤先生の『錬武館《れんぶかん》』で四天王と謳《うた》われた大森八十吉殿とは知らなかった。俺も流派は違うが、安藤先生にはお世話になったことがあってな。一献傾けたくて、こうして灘《なだ》の生《き》一本を持参した」

「悪いが、私は酒をやらぬ」

「そうなのか？　そりゃ残念だな。酒を飲めぬのか？」

「百薬の長というが、真の剣術使いならば、酒は百害あって一利無しだ」

「なるほど……」

　と薙左は他の浪人たちに手渡し、

「貴殿を武士の中の武士と見込んで、訊きたいことがある」

　座敷で大森の前に座った薙左は、率直に尋ねた。

「おぬしは『田倉屋』に天誅を加えると言っていたが、それは阿弥陀札に関わることなのか？」

「………」

「悪い奴かもしれぬが、こっちも立場上、護らねばならぬのでな……しかし、人の評価というのは、立場で変わると思わぬか」

「悪い奴は悪い。立場ではなく、良心しだいだと思うがな。『田倉屋』は自分が儲けさえすれば、誰が飢え死にしようと構わぬという欲のかたまりだ」

「欲のかたまり、か……それは否定せぬ。まさに人でなしだな」

薙左は微笑を浮かべたが、大森は眉《まゆ》を顰《ひそ》めたまま、

「人でなしの獣ですら、余計な争いはせず、必要以上の物を欲しがらぬ」

「なるほど……貴殿は腕前だけではなく、なかなかの人物とお見受けする」

「………」

「身共が言える立場ではないが、その腕と器量、船手で発揮してはみぬか。浪々の身なれば、奉行に話して……」

「余計な世話だ。第一、俺は水練が大の苦手でな」

「さようか。おぬしとは何となく馬が合いそうに思ったのだがな」

「俺は思わぬ」

ほんの一瞬、鋭い視線がぶつかったとき、他の浪人たちも何か察したのか、刀を構える者もいたが、大森は制止した。またぞろ、先日の二の舞になることは、大森の目には鮮やかに見えていたからだ。薙左はそれでも、「だが、俺の方は何となく

落ち着くのでな、あんたと居ると」と言って、店が暖簾《のれん》になるまで、さして強くもない酒を飲んだ。

翌朝、番町の自邸の座敷で目が覚めた薙左は、宿酔《ふつかよ》いのせいで頭痛がしていた。宿直《とのい》ではないから、自宅に帰ってきたのだろうが、あまり覚えていない。

——不覚だった……。

と思ったが、傷ひとつ付いていないところを見ると、大森は手を出さなかったということであろう。

「珍しいこともあるのですね、父上」

可愛らしい声があって、廊下から圭之助《けいのすけ》が入ってきた。五歳になったばかりだが、数日、顔を見ていないだけで、一寸程、背が伸びた気もする。

「ろくにお酒を飲めないくせに、本当に困ったものだと、母上がおっしゃってます」

「そうだな……昨夜《ゆうべ》はハメを外し過ぎた」

「ハメを外す?」

「楽しい人と会っていると、ついつい、いつもと違って、気が緩んでしまうのだ。

おまえも、いずれ分かる。男心が男を知るというやつだ」

「男心が男を知る——それは、お祖父様《じい》も言っておられました」

「さようか」

「はい。父上と会ったときに、そう思ったらしいです」

「義父上《ちちうえ》……いや、じいじがそう？」

　圭之助はしかと頷いたが、

「ですが、今日の父上は情けないと、日の出前からお出かけになりました。釣り竿《ざお》を持っていたので、また鮒《ふな》釣りだと思いますが」

「鮒釣り……」

「鮒に始まり、鮒に終わる……そうおっしゃってます。あれこれやっても、結局、そこに戻るとか。剣術も人生も、すべてに通じることだと……私にはまだ分かりません」

「じいじ……いやお祖父様は、難しいことを言うのだな。いや、しかし、昨夜は実に楽しい酒だった……圭之助、おまえも大きくなったら俺やお祖父様と一献傾けたいと思わないか」

薙左が頭を撫《な》でると、圭之助は透かさず、

「お父上はそうでも、相手はまったく楽しくなかったそうですよ」

「なに？」

「どなたか浪人の方々が、お父上を駕籠《かご》に乗せて、うちまで運んでくれたのです」

「うむ……覚えてないが」

「母上は少々、おかんむりでございます」

「あちゃ……こりゃ失敗の策だな」

「朝餉《あさげ》は抜きだそうです」

「これは、まいった」

「それだけではありませぬ。廊下の拭き掃除と、庭の掃き掃除もお願いしたいとか」

「父上は頭が痛いのだ。圭之助、代わりに頼めぬか」

両手を合わせたが、圭之助は真顔で、

「なりませぬ。自分のことは自分でせよ。お父上がいつも私に言っていることです」

「そ、そうだったな……」

と言いながらも、薙左がまた布団にごろんとなると、圭之助は言った。

「あ、そういえば……昨夜、鮫島様から、伝言がありました」

「俺に？」

「はい。新しいことが分かったから、必ず今日の昼、ここへ来て欲しいと……」

圭之助が一葉の書き付けを手渡すと、薙左は頭痛の頭で凝視して、跳ね起きた。

六

江戸では屈指の両国橋西詰だが、土手道に外れると、船溜まりが沢山あって、川船が舳先や艫《とも》をぶつけ合うように停泊していた。表は華やかだが、その裏で働いている人々の汗する姿が垣間見える所だった。

その船着場の近く――。

人足たちでごった返している通りまで、どこぞの家中の者らしい、羽織袴姿の侍《さむらい》を追ってきた鮫島は、

「エイヤ！」

と小柄《こづか》を投げつけた。それは、侍の首根っこに見事に命中した。

「！……」

険しい顔で振り返った侍は、鮫島を睨みつけた。

「貴様ッ！　船手ふぜいが……！　こっちが相手にせぬからと思って、いい気になりおって！　俺を誰だと心得ておる！」

追いついた鮫島は、相手を睨み返して、

「黙れッ。白を切るから、追いかけたまでだ。さあ！　嘉六を斬り殺したのは、おまえだということ、白状しやがれ！」

「なんだと⁉」

「大人しく、船手奉行所まで来て貰おう。それとも痛い目に遭いたいか」

「無礼者！　俺は勘定奉行・山路洋之助様が側用人《そばようにん》、元塚貞八郎《もとづかさだはちろう》という者だ。船手が武家を捕らえられると思うてか」

「往生際が悪い。船手は町方ではない。海や川は諸国に繋がっておるのでな、管轄などなく、はたまた武家も町人もなく、捕縛できる特権があること、おぬしは知らぬと見える」

「なんだと……⁉」

「さあ、覚悟を決めて、同道願おう」

毅然《きぜん》と言った鮫島に、元塚は苛立《いらだ》ちを露《あら》わにすると、

「ならば、こっちにも武家の意地がある。返り討ちにしてくれるわ！」

鋭く刀を抜き払って斬りかかってきた。鮫島は、待ってましたとばかりに身構えると、相手の二の太刀を豪剣で弾き返して、自慢の胴田貫で元塚の刀の切っ先を叩き折った。

「うっ……！」

怒りの頂点に達していた元塚だが、鮫島の只《ただ》ならぬ力に圧倒されて怯《ひる》んだ。

「ま、待て……」

「一度、人に剣を振り上げたからには、死ぬ覚悟をするのだな。繰り返すが、船手は天下の斬り捨て御免だ」

「すまぬ……このとおりだ……」

頭を下げた元塚は、哀願するような目で、

「だが、本当に知らぬことだ」

「まだ、そのようなことを言うか」

「ほ、本当だ……」

「勘定奉行の山路様と『田倉屋』主人の丹右衛門とは、深い仲だと聞いておるが？」

「！……」

「どういう仲かまでは知らぬが、お互い儲け話だけは好きなようだな」

「なんだと？」

「さあ、どうするッ。船手奉行所まで来るか、それとも、ここで一命を落とすか」

まるで脅迫であるが、もはや観念するしかないと元塚は思ったのであろう。素直に頷いて、鮫島に従うしかなかった。

　朱門は船手奉行所の象徴であるが、何度塗り替えをしても、江戸湾からの海風がきついせいで、すぐに色褪《いろあ》せる。これは、船手奉行所の日々の探索が厳しく、酷使されていることも表していた。

　圭之助に発破を掛けられて、なんとか奉行所の吟味部屋に来た薙左は、鮫島が強引に連れて来た元塚と面談した。

「大森八十吉という新陰流の遣い手を知っておるな」

「……はて」

「おぬしの主君、山路様ともつきあいがあるそうな」

「………」

「山路様はかつて、公金に手を出した咎で、腹を切らされそうになったが、徳川御一門と縁戚にあるとかで、その罪があやふやに処理されたとか……なるほど立派な主《あるじ》だな」

「それがどうした」

「率直に言おう。山路様は『田倉屋』と一緒になって、色々と仕組んでいるそうではないか……たとえば、阿弥陀札とか」

元塚はギクリと肩を震わせたが、

「これ以上、我が主人を侮辱されるならば、武門の意地。この場にて……！」

「腹を切るか……やりたければ、やってもよいが、その気概がおありか。その命を賭ける主君に相応しいか」

薙左がじっと見据えて言うと、元塚は追い詰められた顔になって、

「これにて御免！」

と脇差《わきざし》を抜き払った。意を決したように元塚は腹を刺そうとしたが、薙左が素早く擦《す》り寄って、手首をねじ上げて脇差を奪った。

「死んで花実が咲くものか。武士道は命を無駄にすることではない」

「…………」

「己に恥ずかしくない生き方をしているかどうかだ」

元塚は感じ入ったように、情けなく表情を曇らせると両肩を落として、救いを求めるような目で薙左を見上げた。

「お、俺は……」

「嘉六という遊び人を殺したのは……おぬしなのだな」

薙左は優しく語りかけた。

「その鮫島がおぬしの刀を叩き落としたが、その刃は人の脂で濁りきっていた。どんなに手入れをしても、なかなか落ちるものではないのだ。他にも人を斬っていたのではないかな……山路様に命じられて」

「……さあ殺せ……言い訳はせぬッ」

元塚はもはや抗《あらが》う気持ちはないようだったが、山路を悪《あ》し様に言うことはしなかった。むしろ、主君の罪も一緒にもって処刑されることを望んでいるようだった。

予め薙左は、山路に対して、家臣を調べる許しを得るべく、使いを出していたのだが、返ってきた答えは、

――元塚という側役は、以前、勘定奉行を罷免されそうになったとき、暇を出しているので、今は当家の者ではない。

とのことだった。薙左には俄に信じることができなかったのは当然で、山路が嘉六殺しを命じたかどうかを慎重に調べようとしたが、横槍《よこやり》を入れたのは、他ならぬ船手奉行の串部だった。

「早乙女！　おまえは何を考えておるのだ。山路様とは、私の父上と同じ勘定奉行の職にあらせられる方だぞ。しかも、上役の私を通り越して、山路様にご様子伺いをするとは、断固許されるべきことではない」

たしかに、上役を飛び越えて、話を進めることは御法度である。しかし、それは政事《まつりごと》に関わることであって、人殺しの探索などについては、担当与力が全権を任されており、万が一、幕閣やそれに類する重職が罪を犯したときには、直《じか》に問い質《ただ》す権限がある。

「ならば、早乙女。山路様が何かしたというのか！　やったのは家臣であろう！　家臣が勝手にやらかしたことを、一々、上役が責任を取っていたら、いくつ腹があっても足りまいッ」

「逆ですよ、お奉行」

「なに？」

「主君が悪さをしているのに、家臣のせいにしているのです」

「だから、それは……」

串部は言い返すことはできなかったが、

「とにかく、私に預けろ。奉行同士で話をつける」

と気を吐いたが、鮫島がズイと出て、

「そんなことをされちゃ、闇から闇に葬られるから、俺たちが踏ん張ってンじゃねえか。あんたは奥座敷で座布団に座ってりゃいいんだ。船手はそういう所なんだよ！」

物凄い形相《ぎょうそう》で迫られたので、串部は泣き出しそうな顔になって、大人しく自室に戻るのであった。

その翌日——。

殺しを見たという猪牙舟《ちょきぶね》の船頭が、船手奉行所を訪ねてきた。船手の〝通達〟は、川船奉行や船手頭らの力も借りて、橋番から船主、船主から船頭などに、流れるように伝わるようになっているのである。

「へえ、この目で見やした。間違いございやせん。このお侍です」

と船頭は証言したが、それでも元塚は否定し続けた。

だが、薙左は苦笑しながら見下ろして、

「証人を信じるか信じないかは、俺たちの胸三寸なんだよ」

「…………」

「元塚さん……山路様は、あんたに暇をやった理由を、こう記してます。正式な文書として、船手奉行に届きました。同じものが、町奉行にも届いていると思います」

そう言って薙左が差し出す文を、元塚は訝《いぶか》しげに見た。そこには、

『元塚が奉行所の金を盗んだために、本来なら切腹をさせるところ、それまでの働きぶりを鑑《かんが》み、温情をもって暇を出した』

とある。

「殿がそう言うなら、それでよい……」

覚悟を決めているのか、自棄《やけ》なのか、元塚はそう言った。

「本当にそれでよいのだな」

「良いも悪いも、身共がやらかしたことだ。潔く罪を認める」

「そうか。なのに、殺しの罪は認めぬのか」

「……………」

「やってなくても、やったと言ったらどうだい。山路様のために」

「……………」

「もっとも、山路様自身は今般のことに関しては、知らぬ存ぜぬだ。おまえが勝手にやった人殺しのことで、疑われるのは迷惑千万。しかも、元家臣が人殺しをしただけでも、人聞きが悪い。処刑すべきは処刑すべし……と実に寛大な言葉を下さった」

「そ、そんな……」

「もっとも、おまえは山路様を庇《かば》って死ぬ覚悟だから……」

薙左は凝視して、皮肉を込めて、

「おぬしが下手人として刑を受ければ、すべては解決する。山路様も安泰、『田倉屋』もますます栄える。いいことずくめだ」

元塚は血が出るほどぐっと唇を噛《か》んでいたが、しばらくすると両肩をぶるぶる震わせてきた。俄に噴き出した悔しさに堪えているようであった。そのうち、自分が情けなくなったのか、涙が溢《あふ》れてきて、

「私は……十年余り……お奉行に尽くしてきた……金を盗んだなんて……そんなことはしてはいない。むしろ、公金を着服してきたのはお奉行の方で、ばれぬように事後処理をしていたのは、私たち家臣だった……幾ら奉行でも、勘定所役人にバレたら一大事だからな……」

「であろうな」

「此度の一件は、あのことを知った嘉六を、私がこの手で始末した。殿に累《るい》が及ばないようにな」

「あのこと？」

薙左は身を乗り出して、今度は優しく尋ねた。その穏やかな瞳にほだされたのか元塚は、

「話します……すべて……」

と爛々《らんらん》と目を輝かせた。だが、ふいに別の考えもよぎったのか、一瞬、話すのを

ためらった。「おや？」と薙左と鮫島が首を傾げたとき、ほんのわずか、元塚は眉《み》間《けん》に皺《しわ》を寄せて、苦しそうな顔になった。そして、奥歯を嚙みしめたまま、目をカッと見開いた。

「!?──おい、まさか……」

鮫島がすぐに近づいて、元塚の口を開けようとしたが、固く閉じた貝のように微動だにしなかった。

「毒を含んでたな！　吐け！　吐き出せ！」

「……こ、こうでもしないと……さ、妻子が……妻子の身が……」

最後に大きく息を吐き出して、元塚はそのまま前のめりに倒れそうになった。鮫島は懸命に抱き起こしたが、もはや取り返しのつかぬ事態になっていた。

薙左の目に苦々しい鈍い光が広がった。

七

その夜、〝夢の島〟にある『田倉屋』では、いつものように丹右衛門が、芸者を集めてドンチャン騒ぎをしていた。深川や柳橋に出かけると、何処に賊が潜んでいるか分からないからである。

自分の屋敷にいるときでも、丹右衛門は常に側に強面《こわもて》の三、四人の用心棒を置いているから、芸者たちも何となく落ち着かない。

そこへ、訪ねて来た薙左の姿を見るなり、丹右衛門は複雑な表情になって、

「船手が来なくても、腕利《うでき》きの用心棒を雇いましたので、もう結構ですよ」

「言うたであろう。俺たち船手奉行所は、あんたではなく、この島を護っているのだ」

薙左は毅然と返して、こう続けた。

「前から訊きたかったのだが、何故に怯《おび》えているのだ」

「は？」

「いくら妬《ねた》み嫉《そね》みを抱かれるにせよ、ここまで用心するには、己に疚《やま》しいところがあるからではないのか」

「何もありませんよ。世の中、ただでさえ、物騒ですからな」

「芸者衆を外して貰えないか。人殺しについて話を聞きたい」

「ええ？　それこそ物騒な話でございますな。私と何か関わりが……」

言いかけた丹右衛門に、薙左は珍しく、いきなり怒鳴った。

「いい加減にしないか！　おい、浪人ども。あんたたちも、人殺しの仲間としてお縄になりたくなきゃ、席を外すんだな」

「なんだとッ」

用心棒のひとりが刀に手をかけたが、丹右衛門は薙左の腕前をよく承知しているので、素直に引き下がらせて、ふたりだけになった。だが、丹右衛門はふて腐れたような態度で、煙管《キセル》を吹かしているだけであった。

「ここまで、おまえが阿漕な真似をしているとは知らなかったぞ」

薙左は丹右衛門の煙管をひょいと摑み取って、火鉢の傍《かたわ》らに置くと、

「ちゃんと聞いて貰おう……阿弥陀札のことだ」

「それが何か？」

「商人のみならず、職人や農民、貧しい人々からも長年溜めた金を言葉巧みに集めているそうではないか」

「言葉巧みとは心外ですな。誠実にと言い換えて貰いたいもんです」

「初めから返す気なんぞ、なかろう！」

気色《けしき》ばんで言う薙左に、丹右衛門は困惑した目を向けて、

「早乙女様……あまりに酷い言い草ですなあ。うちは両替商ですよ。金を貸すのは当たり前じゃないですか」

「ならば、どういうカラクリで、一両が二両、二両が四両、いやそれ以上に増えるのだ。阿弥陀札を買った方は、金を捨てただけではないか」

「お待ち下さいまし」

丹右衛門は小馬鹿にしたような顔になって、

「早乙女の旦那……私たち両替商が人様の金を預かるからには、それが新たな利益を生まなきゃなりません。でなければ、預ける方も意味がありません。ある人から、ない人に貸すことも仕事ですが、阿弥陀札のように預けてくれた人に、高い利子を戻すこともしなければ、信用が得られません」

「ならば、その金を返してやれ」

「はあ？」

「利子はいらぬから、元金だけでも返せと、町奉行に訴え出ている者もいる。だが、

おまえは一文たりとも返しておらぬ」

「当たり前でございましょう。預けた金をすぐ返せと言われては、こちらが他に廻すことができません。ですから、半年とか一年と限りをつけているのですよ」

「いや。御定法では、そのような貸し借りは認められぬはずだ」

「……」

「本当は元金がないのでないか？」

薙左が鋭く言うと、丹右衛門は嫌な目つきになった。が、すかさず薙左は続けて、

「遊び人の嘉六という男が、元塚という、山路様の家臣に殺された……そして、そやつは毒で自害をした……妻子の命が山路の手の内にあるらしいのでな」

「……」

「本当のことを喋られたら、殺されるのだそうだ、妻子が」

「何の話ですか」

「嘉六は、おまえから金を借りて、金貸しの商売をしていたようだが、そいつも阿弥陀札を売っていた。金を借りてでも、阿弥陀札を買えと、何人もの人に勧めていたのだ。阿弥陀札は必ず儲かるからとな」

語気を強めて話す薙左を、丹右衛門は卑しい目で見つめていた。

「人を騙して金を奪ってまで買った者がいる。それだけでは足りず……弥三郎という元は材木問屋の跡取りには、嘉六が半ば無理に貸しつけて、阿弥陀札を買わせた。どうせただの紙切れになるのを知っていてだ」

「…………」

「これが、騙りでなくて、なんだ……殺しと同じ重い罪……死罪だぞ」

息を飲んだ丹右衛門だが、薙左のことを疫病神《やくびょうがみ》でも見るように目を細めて、

「天地神明に誓って、疚しいことはしていない。万が一、元金が減っても、それは金の流れの中で起きてしまう、摂理というものでございますよ」

「語るに落ちたな、丹右衛門」

薙左は厳しい口調で、

「嘉六は元金が、そのまま山路に流れていることを知っていた」

「…………」

「そのことを、嘉六が世間に洩らせば、あんたの立場もまずくなる。山路からも睨まれるであろうからな。違うか！」

薙左が大声で責め立てたとき、

「お父上！」

と裏庭から、圭之助の声がした。

――おや……なぜ、こんな所にいるのだ……？

と思いながら振り返ると、そこには、圭之助ともう少し大きな女の子が一緒に、子供らしい笑顔で近づいてきた。

「け、圭之助……」

「おぶんちゃんとは、書道のお師匠さんが同じで、お友だちなんです。まるで、弟のように可愛がってくれるのです」

と言うと、おぶんの方が圭之助の手をぎゅっと握りしめた。

――どういうことだ……。

薙左の脳裏に一瞬にして、色々な考えがよぎった。

ここは埋め立ての島で、殺伐とした海風の中にある新しい町である。どうやって、子供だけで来たのか。誰かが船に乗せてきたのだろうが、もしかして山路か丹右衛門の差し金で、元塚の妻子のように、圭之助を人質にでもして、事件の揉《も》み消しを謀《はか》ろうとしているのであろうか……などと考えた。

だが、丹右衛門の方も驚愕《きょうがく》の目で、何事があったのだと、おぶんを見ている。

「な、何があったのだ……おぶん……」

思わず、その子を引き寄せて、丹右衛門は薙左に向かって、

「私の娘に何をしようというのだ」

「娘……こっちは俺の息子だ」

不思議そうに顔を見合わせたとき、

「だから、連れてきたのだ……このふたりの子供を、さらおうとした輩がいたからな」

と声があって、裏庭から入ってきたのは、誰であろう――戸田泰全であった。

薙左は思わず声をかけようとしたが、戸田は制しながら、

「この子たちを連れていこうとしたのは、まだ分からぬが、鮫島と広瀬《ひろせ》が追いかけたから、今頃は、探し当てているのではないかな」

薙左よりも、丹右衛門の方が恐怖に打ち震えている。その顔つきを見て、戸田は自ら、元船手奉行だと名乗ってから、

「丹右衛門。どうやら、おまえは……子供たちを、さらおうとした奴が誰か分かっているようだな……どうなのだ。おまえの子も狙われたということだ」

「！……」

「俺が釣りをしていなかったら、今頃は、この子たちはどうなっていたか」

　釣りは嘘だと薙左には分かっていた。隠居はしたものの、戸田なりに探索をして、薙左を陰ながら支えていたのである。

「そうは思わぬか、丹右衛門。山路の冷徹さは……他の誰よりも、おまえが一番知っているのではないか？」

　バツが悪そうに俯いた丹右衛門は、娘を抱きしめながら、

「大丈夫だったか……だから、夜遅くまで、習い事はするなと言っていたであろう……番頭さんは、何をしていたのだ」

「お父様がいつも家におられないので、私は退屈なのです。たまには、遊んでくれないと、つまらない。お酒を飲んだり、芸者さんを呼んだり、お父様は私を相手にするのが嫌なんですか」

「あ、いや……」

「お忙しいのは分かっていますが、私は寂しいのです」

その言葉は圭之助が、薤左に向かって言っているようにも聞こえた。

戸田はおぶんの声を引くように、

「のう、丹右衛門……おまえもひとりの父親の顔になっているではないか。その気持ちがあれば、少しは心が痛むのではないか。おまえが阿弥陀札で苦しめた者たちにも、このような子がいるのだ……なけなしの金を失って、幼子が飯も食えず、風邪を引いても薬を買えぬ」

と優しく言うと、丹右衛門からはさっきまでの憎々しい、人を貶《おとし》めるような表情は消えて、穏やかな目になっていた。その丹右衛門の姿を見て、まだ救いの道が残っているかもしれないと、薤左は思った。

その薤左もまた、微笑をたたえて、我が子を包み込むように抱いていた。そして、戸田に向かって、軽く頭を下げるのだった。

八

置屋の女将、雪江のもとから弥三郎が姿を消したという。そのことを、菊江から鮫島が聞いたのは、丹右衛門が阿弥陀札のカラクリをぽつりぽつりと話し始めた頃だった。

雪江女将と弥三郎の話を、鮫島やさくらから聞いていた薙左は、取り立てて案じてはいなかった。弥三郎という男は、親の身代を食い潰して、駄目な人生を送っている。もっとも、雪江女将の方もいい年をして、若い男の嘘で固めた誘惑に騙されるとは、

――客に惚れてはならぬ。

という芸者の本道を外しているようにも思えた。

とはいえ、弥三郎もまた『田倉屋』の阿弥陀札の被害者である。どうせ雪江にも、「金が倍になる」と話していたのだろうが、返せないと分かって、逃げ出したのであろう。

町火消しや自身番番人らも、一応は弥三郎の行方を探したものの、元々、ふいに現れた者だし、町内の人間ではないから、通り一遍のことをしたまでだった。

だが、何日か経っても、まったく消息が分からないとなると、薙左の脳裏には

少々、嫌な思いが浮かんだ。嘉六とも繋がりがあったことだし、もしや山路の手の者に消されたのではないか、という懸念だ。

すぐさま鮫島に話して、〝夢の島〟の『田倉屋』や山路の上屋敷や下屋敷を探らせたが、何も分からずじまいだった。

雪江は意気消沈して、まるで魂を抜かれたように日がな一日、ぼうっとしていた。そんな雪江に同情する一方で、娘のような菊江からすれば、何とも腹立たしい姿だった。

「おかあさんらしくない。何をイジイジしてるのさ。弥三郎は、おかあさんの金が欲しかっただけ。私に限らず、置屋の芸者衆は、本当に心配してるんだからね。あんな恩知らず、忘れてしまいなさいな」

菊江が慰めても、ぼんやりと庭の木を眺めながら、

「――よく剪定してくれたのに……」

と呟《つぶや》くだけであった。

「弥三郎さんはね……本当は心根の優しい、いい人だったんだよ」

ポツリと言う雪江を、菊江はわずかに眉を逆立てて見ていた。

「江戸で指折りの大店の息子だからねえ……そりゃ甘やかされたんだろうさ……若い頃から我が儘《わがまま》のし放題、すぐぶち切れてしまうし、人を見下すしね。ろくな奴じゃない……それは、自分が悪いんじゃなくて、親の育て方が悪いんだろうさ」

「………」

「でもね、あの子には、あの愛嬌のよさもあるのさ……私が言うのもなんだが、あれだけいい男はいないだろう……見かけだけじゃ、おまんまは食べられないがね……でも、私にとっちゃ……私にとっちゃ……」

菊江は雪江を慰める気も失《う》せていたが、いつの間に来ていたのか、鮫島が廊下の片隅に立っていて、ふたりを黙って見ていた。

「――女将……」

声をかけた鮫島を、菊江は吃驚《びっくり》して振り返った。雪江はじっと庭の草木を眺めている。

鮫島はゆっくり近づきながら、優しい声で雪江に語りかけた。

「知らなかったぜ、女将……弥三郎は、あんたが産んだ子だったたんだな」

「え、ええ!?　何を言い出すンだい、サメさん」

素っ頓狂な声を上げた菊江は、鮫島に近づこうとしたが、それを押しとどめて、

「本当は素直で、優しい子だということを、信じたいんだろう？　自分が腹を痛めて産んだ子なんだからな」

雪江は素知らぬ顔で、聞くともなく聞いていた。

「あんたが二十歳《はたち》の頃、身請けするかどうかで揉めたらしいな……相手は、もちろん、弥三郎の父親……江戸で屈指の材木問屋『飛騨屋』の主人だ」

「…………」

「けれど、周りの親戚の者は認めなかった。たまさか子供に恵まれなかった『飛騨屋』は赤ん坊の弥三郎だけを引き取って、芸者の雪江さんは爪弾《つまはじ》きにされた」

「…………」

「自分には子供はいないと、ずっと胸に思い込ませてきたけれど、何処で聞いたか、産みの母と知った弥三郎が……最後の最後に、頼ってきたんだろう？　ねえ、雪江女将」

「……さすがはサメさん。よく調べたもんだねえ」

感心したように雪江が言うと、

「我が儘でも、バカでも、産んだ子は、いつまで経っても……可愛いもんだよう」

と目を潤ませた雪江は、泣き出しそうなくらいの溜息をついて、

「世間がどう見ようと、我が子と何十年かぶりに顔を合わせたんだ……弥三郎が訪ねてきてくれた時は、理由はどうであれ、心の底から、嬉しかったよ……」

鮫島はそっと雪江の側に座って、同じ庭を眺めてみた。おそらく何十年も変わらない風景であろう。

いや、片隅にある枇杷《びわ》の木だけは、弥三郎が生まれた年に植えたらしいから、年々、変わっていたのだろうなと鮫島は思った。そして、毎年、その実がなる頃には、胸が裂けんばかりに思いを滾《たぎ》らせていたのだろうなと、鮫島は想像した。

「俺には、女房も子供もいないから分からないが、薙左なら、少しは分かるかもしれないな……雪江さん。あんたは、この何十年、何もしてやれなかったことへの罪滅ぼしのつもりで面倒を見たのじゃ？」

と鮫島が振り返ると、雪江はまっすぐ枇杷の木を見たまま、

「――サメさんが言うように、弥三郎はね、その昔……まだ十歳くらいの頃、一度だけ、私を訪ねてきたことがあったんだ……雪のちらつく日で、走って来たんだろ

うね、吐く息が真っ白でね……」

「………」

「だけど私は、家の中に入れてやらなかった……追い返したんだ……その子のことを思いやったからじゃない。ただただ、厄介だと思ったんだ、その時は……」

「厄介……」

「その頃、私にも男がいてね……それこそ一緒に暮らしていたから、割り込んできて欲しくなかったのさ。それに、下手《へた》に関わって、飛驒屋の旦那にあれこれ言われたら面倒だと思ったんだ……我が子とはいえ、もう別々の人生を歩んでいるんだから……」

「………」

「弥三郎と菊江が恋仲になった時も、あれこれもっともらしいことを言って別れさせたしね。でも、今更ながら……ずっと胸の奥に住んでいた子供のことが、不憫《ふびん》に思えてねえ……雪の日に、追い返したことなど、一言も言わないから、こっちも辛《つら》くてさ……」

「……そ、そうだったの？」

何も知らなかったと、菊江は同情のまなざしで、雪江を見つめていた。

「ごめんね……何も知らなかった……もしかして、女将さん……私を娘のように可愛がってくれ、嫁にまで出してくれて、私の子供たちも孫のように可愛がってくれるのは……可愛がってくれるのは……」

後は言葉にならずに、しっかりと雪江の手を握りしめる菊江だった。

「なんだねえ……あんたに慰めて貰おうとは思わないよ。ああ、誰かに分かって貰おうなんてね……きっと、弥三郎と私にしか分からないことかもしれない……」

雪江は静かに言った。ただ、弥三郎の行方だけが心配だった。

「ここで暮らして、弥三郎は嫌になったんじゃないかな」

鮫島はさりげなくそう言った。自分が腹を痛めて産んでくれた母親を、騙してしまった自分に嫌気がさしたのではないか。これ以上、迷惑をかけられないと思ったのではないか。

「もしかしたら……ほんのひとときでいいから、おっ母さんと呼びたかったんじゃないのかな……そう思うぜ」

「……そうかねえ」

ぼんやりと座ったままの雪江を、鮫島はじっと見つめていた。

その弥三郎の居所を――。

船手奉行所の若手同心、広瀬恭矢《きょうや》が摑んできたのは、数日後の夕暮れどきだった。山路の屋敷に入って行くのを、張り込んでいた玉助が見かけて、町方ではなく、船手に報せに馳せ参じたのだった。

九

すぐさま、薙左と鮫島は、山路の屋敷に向かったが、案の定、弥三郎という者は来ておらぬという家臣の返事だった。この屋敷は青山にあったが、かつての大名屋敷を拝領したので、三千石の旗本にしては、豪勢な屋敷であった。

いきなり探索に来たことに、山路は不快の表情だったが、表向きでも老中からの許可書を持参しているからには、〝船手奉行〟の取り調べを追い返すわけにはいかなかった。

山路は花鳥風月にはあまり興味がないと見え、庭はさほど手入れをされておらず、池も苔《こけ》が生え放題だった。折しも、田倉屋丹右衛門も屋敷を訪れていて、山路と一緒に現れたのには、薙左も驚いた。

「色々と、お世話になっておりました……」

と丹右衛門は険しい顔で同席した。

「すべてを反省して、奉行に阿弥陀札のことを話したのではないのか」

薙左は問いかけようとしたが、ここへ来た丹右衛門の狙いもあろうから、しばらく黙っていた。

山路は食ってばかりいるのか、でっぷりと肥えていて、いかにも俗物っぽく鈍い眼光を放っていた。

「早乙女薙左殿……貴殿の噂は、幕閣からも色々と聞いておる。戸田泰全のおめがねにかなった婿だそうじゃのう」

と機先を制するように嫌みを続けようとしたが、薙左はすぐに返した。

「今日は世間話をしにきたのではありませぬ。丹右衛門がいるなら話が早い。阿弥陀札によって苦しんでいる町人がいることは、すでに勘定奉行として、山路様もご存じでしょうから申し上げますが、さっさと元金を返すよう差配して下さいませ」

「なに……？」

鈍い目の光が、鋭く変化した。

「どれほどの人々が、あなたたちの儲け話に騙されたか、承知しておられよう」

「何を言い出すか、この無礼者めが」

山路は敢然と怒鳴りつけたが、薙左はまったく怯まず、

「返しなさい！」

とねばった。しかし、山路は平然と、

「貴様ッ。戸田家と同じ旗本と思うなよ。こっちは徳川譜代の三千石だ。しかも、貴様はまだ御家人職の与力ではないか」

「そんな話はどうでもいい。あんたたちが不正に取った金で、『田倉屋』が儲け、その金を山路様……あんたが吸い上げた。勘定奉行にあるまじき所業だと思いませぬか」

「バカを言うな。欲を出して儲けたがっているのは、町人どもではないか。でないと、なけなしの金を出すものかッ」

「人々の弱い心を利用するところが、あんたたちのやり口だ。さあ、返せ！」

「黙れ、黙れ！　儂が何をしたというのだ！」

怒鳴り散らす山路に、薙左は微笑を浮かべて、

「さよう……あなたは何もしていない……ただ、金を吸い取っただけだ」

と薙左は丹右衛門に向き直った。

「おぬしはどうだ。おぶんちゃんに、自分がしていることを堂々と話すことができるか」

「！……」

「まっとうな親ならば、できまい。できぬなら、きちんと子供に話せるような商いをすればよいではないか」

「…………」

「余裕のある人からお金を預かって、困っている人にお貸しする……両替商の本業に戻れば、誰かに怨まれると怯える暮らしからも、さよならできるぞ」

薙左の言葉に、丹右衛門は申し訳なさそうに頷いて、

「──そ、そうかもしれない……」

と呟いた。

横目で見ていた山路は、小馬鹿にしたように鼻で笑い、

「丹右衛門……裏切るのか？　長崎のつまらぬ金貸しから、ここまで成り上がったのは、誰のお陰だと思うておる。抜け荷を扱わせてやった恩も忘れたか」

「…………」

「そんな恩知らずならば、こっちから縁を切ってやる。早々に、立ち去れ」

「山路様……それは本心でおっしゃっているのですか」

丹右衛門は目を見開いて訊いた。山路はあからさまに不愉快そうな顔をして、

「このまま儂と栄耀栄華を極めるか。それとも、娘へのつまらぬ思いで、すべてを失ってしまうか……自分で選べ」

と迫った。

薙左は丹右衛門をじっと見据えて、

「栄耀栄華なんて、所詮は砂上の楼閣、絵に描いた餅……だが、娘はその手にしっかりと抱えることができる、おまえの分身ではないか」

「…………」

「……丹右衛門。評定所では、おまえの証言を待っておるぞ。正直に話して、この

山路様の不正も暴けば、救われる道はある」

　薙左は丹右衛門の背中を押した。

「さすれば、大勢の人々も救われ、平凡かもしれぬが、確かな暮らしができるのだ。違うか、丹右衛門……」

「…………」

「弥三郎も救ってやれ」

　薙左が弥三郎の名を出したとき、山路は実におかしそうに笑った。

「どうやら、あんたも知っているようだな。この屋敷にはおらぬと言ったくせに」

「フハハ……これが笑わずにいられようか……ガハハ」

「やはり、弥三郎をどうにかしたのだな」

　薙左はかいつまんで、弥三郎と雪江の話をした。途端、山路はさらに爆笑して、

「弥三郎が哀れな男だと……わはは、これは愉快じゃわい……なんともまあ、さすがは儂が見込んだ弥三郎……名与力、早乙女薙左殿でも気づかなんだか」

「なに？」

　薙左が怪訝《けげん》な顔をすると、渡り廊下から来た弥三郎が、ひょっこりと顔を出した。

「こいつは、さすが『飛騨屋』の倅《せがれ》だけあって、頭がいい。金儲けのことなら、今まで色々なことを教えてくれた。むろん、此度の阿弥陀札を考え出したのも、丹右衛門ではなく、この弥三郎だ」

「――ま、まさか……」

薙左は弥三郎を見上げて、本当かと尋ねようとしたが、その目つきで分かった。

「ならば、何故、雪江女将に……」

弥三郎は、底意地の悪そうな顔になって、

「吃驚したのはこっちだよ。阿弥陀札を買わないかと誘うために、ぶらっと入ったところが、産みの母親だったとはね。向こうは、俺の名前まで言って、実に懐かしそうに手を握ってきたけれど……そういや、その昔、一度だけ訪ねていったけど、追い返されたことを思い出した」

「…………」

「だから、騙してやれと思ってな……だが、あまりに懐かしそうにするんでね、適当にこっちもなついてやっただけさ」

「…………」

「阿弥陀札の話をしたら、あんたが儲かるなら幾らでも使うがいいよ、罪滅ぼしだとさ……百両くらいのあんな端金《はしたがね》じゃ、女遊びもできねえのによ」

「——雪江女将は、心から、おまえに申し訳ないことをしたと、悔やんでも悔やみきれないと心配していた……てっきり、おまえも母親を懐かしんだと思ったがな」

「ケッ。こっちはもう四十男だぜ。向こうは還暦過ぎの婆さんだ。親子もクソもないだろう。こっちは、親から貰うはずの身代を、何だか知らねえが、横から借金取りが持っていきやがってよ。江戸で屈指の材木商と言いながら、うちの店の台所も、実は火の車だったってことだ。お陰で俺は遊ぶ金もなくなった」

「そうか……だったら、本当のことを話して、雪江女将に謝るんだな。そしたら、少しはおまえも人間らしくなれる」

「下らねえこと言うなよ……芸者の置屋だってからよ、少しは金廻りがいいかと思ったら、百両ぽっちの金だぜ、ええ？　俺の親父をたらし込んで、俺を産んだはずだ。しかし、店に入ることもできなかったから、やっぱり、それなりの女でしかなかったってことだ」

「いい加減に親の悪口はよさないか？」

少しは同情に値する男かと思っていたが、薙左は腹の底からガッカリした。

「世の中には……こういう救いようのない人間がいるんだな、サメさん」

鮫島がそのとおりだと頷いて、

「久しぶりに、ぶった斬らないと済まない気がしてきた」

と、その目がギラリと獰猛《どうもう》になったので、山路は後ずさりしながら、床の間に駆け寄り刀を摑んで抜き払って、

「貴様ら！　斬り捨ててやるゆえ、そこへ直れ！」

叫びながら斬りかかったが、次の瞬間、倒れていたのは、山路だった。むろん鮫島による峰打ちだが、あまりにも呆気《あっけ》ないやられっぷりに、弥三郎は情けない声を洩らして両手を合わせて命乞《いのちご》いをした。

「命だけは……助けてくれ……どうか、どうか……」

「いや、俺が許さぬ」

薙左が抜刀すると、辺り構わずものを投げて逃げようとしたが、

「父親と母親の愛の鞭《むち》だと思え……坊主にでもなるのだな」

と利き腕を打ってから、バサッと髷《まげ》を切り落とした。

「う、うわあ！　ひゃあ！」

悲鳴を上げながらも、懐《ふところ》から落ちた小判を必死に左手で拾い集めようとしていた。

そんなあさましい弥三郎の姿に、薙左はやるせない思いになった。

山路が評定所の裁可によって、切腹となったのは、わずか三日後のことだった。

丹右衛門の証言もあって、幕府側も阿弥陀札の被害者に対する救済を急いだからである。

その結果、『田倉屋』は闕所《けっしょ》となり、身代は弁済にあてがわれた。

しかし、丹右衛門の身柄は、死罪にするにはあんまりだと、すべてを証言したことや、薙左の陳情などもあって島送りとなった。その間、娘のおぶんには、

――新しい商売で上方に行った。

ということにして、遠縁に預けられることとなった。

久しぶりに屋敷に帰った薙左は、出迎えてくれた圭之助が、なんだかしょげているので、どうしたのだと訊くと、

「せっかく、お姉さんができたのに、何処か遠くに行ってしまった……寂しいなあ」

おぶんのことを案じていたのである。ちょっぴり淡い圭之助の初恋だったのかもしれぬが、薙左にはいかんともしがたい。

「圭之助……お父様が帰ってきたのですか？　これ、返事をしなさい」

静枝の声が奥から聞こえてきた。

実に平凡な一日の暮れである。雪江のように理不尽な生き別れもなく、薙左は幸せに暮らしている。目の前の圭之助を、ひしと抱きしめて、

「立派になれ。おぶんちゃんに、今度、会ったときに、恥ずかしくないような、大きく立派な侍になっておらねばな」

「――はい」

唇を嚙んで返事をする圭之助は、

「痛い、父上……離して下され……汗臭いです……た、助けて……母上……」

必死に抗う息子を、悪戯《いたずら》心が湧いてきたのか、さらに抱きしめる薙左であった。

そんなふたりを包み込むような、心地よい初夏の風が流れてきた。

第二話　飾り窓

一

江戸湾の何処か遠くで、大砲の轟音《ごうおん》が轟《とどろ》く。

そのたびに、〝朱門〟こと船手奉行所の与力や同心たちは胸が締めつけられるような思いになって、慌てて船を出したり、櫓《やぐら》から遠めがねで沖合を凝視したりする。異国の軍船が江戸湾内深くに侵入してくるのではないかという不安に囚《とら》われるのだ。

今年は、隅田川の花火も中止となる。爆音が異国船を刺激して、戦を仕掛けたと誤解されるかもしれないかららしいが、そのような幕府の対応が、なんとも滑稽《こっけい》だった。それでも、何かあっては一大事だから、

――万が一に備えて……。

という思いで、水際の最前線で働いている薙左たち船手与力や同心は、常に命がけを心して任務を遂行していた。

緊張が続くほど、一杯やりたくなるのも人情である。お陰で、『あほうどり』は船手の連中でいつも溢れていた。結婚をしてからはまっすぐ帰ることが多い薙左だが、翌日が非番ならばたまにはいいかと立ち寄ると、奥の小上がりで、広瀬恭矢が、ちびりちびりと酒を飲んでいた。何か分からぬが呪文のように、ぶつぶつ言っている。

「珍しいではないか。どうした、またお奉行から嫌味でも言われたか」

少し心配しながら前に座った薙左に、さくらが近づいてきて、杯を手渡した。

「来てから、ずっとこの調子なんです。てか、ぶつぶつと……知らない人が見たら、変な人だと思われますよ」

「知ってる奴でも、こいつのことは、ちょっと変だと思ってるから、気にするな」

薙左がさくらに言うと、広瀬は愛想笑いのひとつもせずに、

「早乙女さんが来るとは思いませんでしたが……丁度いい」

と酒を注《つ》いだ。薙左はとりあえずと杯を出したが、広瀬はなぜか心あらずで、

「鮫島さんが妙なのです」

「ん……？」

「あの人とは長年のつきあいのある早乙女様だから、分かるかと思って」

「何の話だ」

「このところ、同心部屋にもろくに顔を出さないから、何かあったのかと思ったら
……」

「ほう。他人のことなど、さして顧みないおまえが、サメさんの心配をするのか」

「聞いて下さい……先日、富岡八幡宮の境内《けいだい》を散策していたら、鮫島さんが訳ありげな女と一緒でした。年は二十代半ばでしょうか。笑った顔がなかなか可愛らしく
……」

「別にいいではないか。サメさんは独り身だし、女のひとりやふたり……」

ちらりとさくらを見た薙左に、広瀬は尋常ではなかったと、そのときの様子をぶつぶつと語った。

「私が声をかけたら、まずいところを見られたって感じで、女の手を引いて逃げ去

ったんです……女の方も、鮫島さんとは随分と懇《ねんご》ろな感じで」

「それが理由で、奉行所に来ないとでも言いたいのか。仮に、そうだとしても俺たちは、必ずしも役所にいる必要はない。何かあれば、上役に報せもせず、探索に突っ走る。それぞれの判断に任されているんだよ」

薙左は羽織を脱ぎながら、さくらが差し出した鯛の刺身に箸《はし》をつけると、広瀬は険しい目つきのままで、

「ただの女なら、別にいいけど」

「どういうことだ？」

「ええ……」

広瀬は短く頷いて、銚子を傾けると、

「実は、お奉行に命じられてたんです」

船手奉行の串部左馬之亮からの命令で、鮫島は、その女を探っていた節があるというのだ。

「数日前のことです。鮫島さんの所の吉太《きちた》という小者がわざわざ私の組屋敷に来て、こう言いました……もう何日も、屋敷に帰ってこないので、何か悪いことにでも巻

き込まれたのではないかと調べてみようとしたらしい。そこで、鮫島さんを尾《つ》けたのだが、それに気づいて、吉太を撒《ま》いたというのです」

「小者に黙って、サメさんは探索していたんじゃないか？」

「でも、それでいいのでしょうか。船手の筆頭与力は早乙女さんです。たとえ奉行であっても、あなたに内緒で、直々《じきじき》に同心に何かを探索させるってことがありましょうか」

「まあ、いいではないか。俺たち船手は、〝いざ鎌倉〟という時に役に立ちさえすりゃ、日頃、何をしてようが構わぬ」

「――そうですか。早乙女さんが、そう言うなら別に、どうってことはありませんが……」

広瀬は飲み慣れぬ酒を飲んで、

「とにかく、私は妙だと思って、吉太に頼まれたからって訳じゃありませんが……富岡八幡宮で会った女の顔に、見覚えがあったものでね、調べてみようと思ったんです」

「見覚えが……？」

「こっそり鮫島さんのことを尾けてみました。今日のことです。案の定、鮫島さんは、ひとり暮らしの女の家に出向いてました。侘《わ》び住まいとはいえ、商家の寮って感じで」

「まるで覗《のぞ》きだな」

「それもまた私たちの仕事……と常々言ってたのは鮫島さんでして……とにかく、訳ありの女に違いないのですが、覚えはあるけれども、何処で見た顔かなかなか思い出せない……以前捕まえた盗賊の女だったか、誰かの囲い女《め》だったか……」

しみじみと考え込む広瀬に、薙左は呆れたように苦笑して、

「——おまえは一体、何を調べたいのだ」

「早乙女さんなら、お奉行の真の狙いが何か、分かるのではないですか?」

「残念ながら、俺は串部様には毛嫌いされている。ろくに口もきいてくれない。だから、俺の頭越しにサメさんに探索を命じたのかも……ま、おまえもそうだが、船手なんてのは、いつ死んでも構わない奴らが廻される。だから、どいつもこいつも独り者で、肉親の縁も薄い者ばかりだ」

「でも、早乙女さんは違います……」

「そうだな。でも、まあサメさんが何を調べてるのか知らぬが、とにかく、ひとたび捕り物が始まった時に居所が分からぬでは困る。サメさんが何処で何をしているか。それだけは把握しておきたい」

薙左が銚子を持って、広瀬に傾けた。

「あれ？　逆に、命じられたわけでしょうか、私は……」

「そういうことだ。裏があるなら、それも探っておいてくれ」

「………」

「それに、サメさんのことだから軽はずみなことはせぬと思うが、極秘の探索ならば、命が危ういかもしれぬ。ましてや串部様直々の命令であるならば、益々、護ってやらねばな……俺も一応は、上役だからな。部下は護らねばならないし」

「責任感が強いですね。さすが早乙女さん」

感心したように広瀬が酒をあおると、さくらが割り込んできた。

「実は、一度だけ、ここへも連れてきたことがあるんですよ、サメさん」

「え？　その女をか」

「はい」

「なんで、先に言わねえんだ」

「うちのような客商売は、余計なことは口に出さないのが礼儀でしてね」

「おい、そりゃないだろう」

「本当は、私だって気になってたし」

薙左は、どのような様子だったか、尋ね返した。

「サメさんと一緒にいた人は、素直そうな女の人で、たしか、睦美《むつみ》と呼んでました」

「睦美……」

「はい。もしかしたら、いい仲なのかもしれないと思ったけど、逆に言えば、まだ深い仲じゃないって感じもしました」

「どっちだよ」

薙左と広瀬は一緒に、さくらを見た。鮫島が女を連れてきた時は、静かに食べて飲んでいただけなので、さほど気にならなかったという。

「でもね……女だから、何となく分かるんですよ」

「まだガキのくせに、そんなことが分かるのかねえ」

からかう薙左に、さくらはぷうっと頰《ほお》を膨らませて、

「それくらい分かります。もう充分過ぎるくらい大人です」

「はいはい、承知しております。でもな、さくら……だったら、どうして、こんな店に連れてきたんだろうなあ」

「こんな店で悪うございましたね」

「だから来てやってんじゃないか。感謝しろぃ」

冗談を言って笑う薙左に、さくらは含みのある笑みを浮かべて、

「薙左さん……これは私の勘だけどね、サメさんは、あの女に本気……かも」

「私もそう思います」

と広瀬が続けた。

「なんとなく危ない匂いがしました」

「危ない匂い……」

「はい。女の方もまんざらではないようでしたので、もしかしたら……極秘の務めとやらを反故《ほご》にしてでも、思いを全うする……そんな感じもしてました」

「大袈裟《おおげさ》だな。まさか、心中騒ぎを起こすとでも？　芝居の観過《みす》ぎだろう」

「芝居なんて観てません。でも、思い詰めて……って話は世間にごろごろしてる。

相手の女しだいってとこでしょう」

「物騒な話だな」

薙左は真顔に戻って、広瀬に改めて、きちんと調べてみろと命じた。すると、さくらが訊いた。

「それより、広瀬様はどうなんですか、女の方は……」

広瀬がきょとんとなるのへ、さくらがへんてこりんな艶《つや》っぽい声色《こわいろ》で、

「あら……私、何か変なこと訊いたかしら」

と言いながら、ちらりと広瀬を見た。その態度に薙左は苦笑して、

「なるほど……広瀬のことが好きなのか。うん。なかなか見る目があるぞ。サメさんより、よほどいいと思うぞ」

と薙左が酒を飲むと、さくらは睨みつけるようにして厨房に立ち去った。そんな様子を見ていた広瀬は、

「やはり噂は本当だったんですね」

「噂……」

「さくらさんは、妻子ある早乙女さんに恋し続けている」

ぷっと吹き出しそうになった酒を、薙左は我慢して飲み込んだ。

二

富岡八幡宮の一の鳥居から、横町に入った黒塀が続く路地に、睦美の家はあった。小さな竹林の中にぽつんとある、何の飾り気《け》もない庵《いおり》のような屋敷だった。その縁側で、鮫島は睦美の膝枕で、耳かきをして貰っていた。満足そうに笑いながら、

「うまいなあ……睦美の耳かきは、心地よいぞ……股《また》も柔らかいしな……」

ニヤけた顔で、鮫島は睦美の膝を撫でた。睦美の方も、子供を相手にするように耳をほじくりながら、

「じっとしていないと、鼓膜が破れてしまいますよ」

と少しふざけるように笑っている。

「待て……」

人の気配に寝返りを打った鮫島の目が、垣根の外にいる着流しの浪人者、数人の姿を認めた。月代《さかやき》も髭《ひげ》も剃《そ》らず、いかにも無精そうな侍たちで、どの男も目つきだ

けは刃物のように鋭かった。

鮫島は、存在には気づかない素振りをしていた。睦美の柔らかな手つきに眠りそうだったが、浪人たちの出現に緊張が走った。

にもかかわらず、陽光を浴びながら、鮫島はさらなる眠気を感じてしまった。ふいに不安が訪れた。先程飲んだ茶に眠り薬でも入っていたのではないかと、勘ぐったのである。恐怖に似た感触の中で、気が遠くなった。

どのくらい時が経ったであろうか。目が覚めると、障子戸は閉められており、横になった鮫島の体には布団が掛けられてあった。そして、隣の部屋で、睦美が縫い物をしているのを見て、鮫島はほっとした。

――さっきの浪人たちにさらわれたのではないか……。

と思っていたからである。羽織のほころびでも縫っているのであろうか。そのしなやかな手つきを、鮫島が寝そべったまま眺めていると、睦美はその視線に気づいて、

「お目覚めですか……何か飲まれますか」

「いや。お気遣いなく」

と起き上がって、布団を畳みながら、

「かたじけない。かような真似までさせて、本当に申し訳ない」

遠慮がちに鮫島は言った。

「まこと……俺のような無頼な船手同心に、あなたのような女性が……勿体《もったい》ないことでござる」

「本当に冗談がお好きでいらっしゃること。私は武家女といっても、ただ拾われただけのことですから」

睦美は俯き加減に申し訳なさそうに言うと、針を片づけながら、

「それに比べて、鮫島様は正真正銘の御家人……立派な武士でございます」

「いやいや。本当に謝らなくてはならない。役儀とはいえ、耳かきなんぞをさせて……勘弁して下さい。このとおりです」

と鮫島は頭を下げた。

「よして下さいまし」

「あ、いや……まことの内縁の夫のふりをするのも……内縁の夫というのも妙な言い方ですが、とにかく、職務に忠実にやっているだけなので、その……」

「分かっております」

鮫島は正座をし直して、真顔になり、

「まこと、耳かきなんぞさせて……先程も垣根の外に怪しげな浪人がいたが……傍《はた》目《め》から見て、私の囲い女だということを見せつけねばなりませんから」

「分かっております。でも、耳かきは本当に好きなのです」

「承知しております」

何がおかしいのか苦笑した睦美は、さっと立ち上がると、さっきまで縫っていた羽織を衣桁《いこう》にかけて、

「お仕事ばかりで、きっとほころびを見ることも忘れているのでしょうね、鮫島様は。もう大丈夫ですよ、ほら」

「か、かたじけない……」

睦美は軽やかに立ち上がると、

「ちょっと出かけませんか？　お不動さんにお参りに……あの恐い目を見ると、心の中の汚いものをすべて見透かされている気がして、反省する。すると、なんだか気が軽くなってくるんです」

「……気が軽くなる」

「鮫島さんは、そういうことがありませんか？　疚しい気持ちが何処かにあって、それを拭い去りたいとか、綺麗にしたいとか」

「あ、ああ……」

曖昧に返した鮫島の方が、心の奥の下心を見られている気がして目を伏せた。

深川不動尊の境内には、毎日が縁日かと思えるくらい出店が並んでいて、散策をするには丁度よかった。普段はあまり聞くことのない子供たちの賑《にぎ》やかな声も、青空の下で飛び交っている。

肩を並べて歩いていると、睦美は鮫島の手をそっと握りしめた。

「あ……」

思わず離そうとする鮫島に寄り添うように、睦美は言った。

「人には理《わり》無い仲に見せないといけないのでしょう？」

「──そうだが……本気になってしまいそうだ……そうなれば、不義密通ではありませんか……いかん、いかん」

「なぜ不義密通なのです。私はたしかに囲い女ではありますが、妻ではありません」

「いや、それでも実にまずい……仮にも、串部様が大切にしているお人です。そんな女と何かあったら、それこそ切腹ものだ」

「シッ……」

睦美は指を立てた。

「あ、これは……余計なことを」

声を潜めた鮫島は、辺りを気にするように見廻して、

「……串部様も残酷なことを命じたものですな」

深い溜息をついた鮫島は、背中を叩かれて、吃驚して振り返った。そこにはニヤニヤ笑いながら薙左が立っていた。

「ゴ、ゴマメ……！」

「お盛んですな」

「………」

「分かってます。俺たち船手は、それぞれ一人一人が、重い任務を背負わされることもある。たとえ上役にでも言えない密命があろうってものだ」

苦笑いした薙左は鮫島に頷きながら、

「隠すことはない。俺が承知していればよいこと……」

「おい……」

困惑する鮫島に、薙左は平気な顔で睦美に向かって、

「こいつは、船手奉行所同心の鮫島という者です。知ってましたか」

と訊いた。睦美は何も答えなかったが、薙左は鮫島に向き直って、

「さくらも心配してたぞ」

「あ、ああ……」

おっとりしていながらも、的を射て迫るような薙左の態度に困る鮫島を見かねたのか、睦美の方が丁寧に挨拶をして、

「噂には聞いておりますよ、早乙女薙左様。前の船手奉行の戸田泰全様を感服させたと噂されるだけあって、見るからにご立派ですこと」

「俺の義父を知っているのか」

「あ、いえ……そういう訳では……それにしても、いい男じゃないですか、鮫島さんと違って、ねえ……」

と少しばかり、蓮っ葉な雰囲気に変わった。そんな態度の睦美を見て、薙左は真意を見極めようと、しばらく見つめていた。

「改めて言うが、俺は早乙女薙左。船手奉行所筆頭与力だが……お奉行とも昵懇であるのですかな、あなたは……」

薙左は揺さぶるように訊いたが、睦美は鮫島を一瞬見たものの惚けた顔で、

「船手というのは、この不穏なご時世ですから、決して世間には知られてはならないお役目もあるのでしょうね」

「海の上ゆえな、町方のように捕縛することが、なかなかできぬ。しかも、逃げようと思えば、何処までも逃げられるから、一々、上役の許しなど得ないで天下御免。武士だろうが僧侶だろうが、誰でも何処でもお縄にできる。むろん、逆らえば斬ることも許されている。もっとも命を取ることだけは避けたいがな」

強い意志を感じたのか、睦美はじっと薙左を見つめていたが、にこりと微笑みかけると安心したように、

「でも、ご安心下さい。私は誰にも申しません。鮫島さんに惚れているのは、本当でございますから」

一筋縄ではいきそうにない女だ。薙左はそう踏んで、

「――まいったねえ……サメさんに、かような美しい女がいたとは、若君様でもお気づきになりますまい」

若君とは、もちろん串部左馬之亮のことである。芝居がかって言った薙左に、鮫島は目顔で、もう勘弁してくれと言っているが、あえて気づかぬふりをして、

「どうだ。まぐろ鍋でも食わねえか」

と唐突に誘った。

「このクソ暑いのにか」

鮫島が戸惑っていると、薙左は、

「どうです、あなたも一緒に」

と睦美を誘うと、汗を掻くのもいいかもしれませんねえと店までついてきた。

三

八幡宮二の鳥居のそばに評判の鍋屋があって、江戸名物のまぐろ鍋だけではなく、

しゃも鍋やさくら鍋、もみじ鍋など獣の肉を主にしたものを食わせていた。もちろん、精進料理としてである。当時、四つ足動物は食わない習慣があったが、それは表向きで〝鳥〟として食べたり、名前を変えて調理していた。

鍋に醤油やみりん、酒などで作った出汁《だし》や、あるいは味噌仕立て、野菜や豆腐などを一緒に煮込むだけのものだが、実は鍋はその昔、戦陣で食べられていたものであった。薙左たちは、たわいもない話をしながら、額に汗を掻きながら食べて、

「サメさん……いや鮫島さんと俺は、もう十年来のつきあいで、いわば船手のイロハを教えてくれたのは鮫島さんなんです。鮫島さんは、元々は町方の定町で吟味方にいたのですが、失敗をやらかして、船手なんぞというところに追いやられたんです」

「そうだったんですか？」

睦美が訊くと、鮫島は曖昧に頷いただけだった。どうも薙左にはバツが悪そうで、いつもと違って、目も合わせようとしない。そんな鮫島に、薙左は意味ありげな笑みを投げてから、

「隠すことはないじゃないですか、サメさん」

「うるせえなあ……おまえが、初対面の女にペラペラ話す奴とは思わなかったよ」

同心の鮫島が、与力の薙左に偉そうに喋るのを不思議そうに見ていた睦美だが、事情を聞いて納得した。

「あるとき……小さな赤ん坊を預かったことがあるんです」

「赤ん坊？」

睦美は不思議そうに首を傾げた。

「ある事件の張り込みで、掘割の船着場に立っていたら、若い女が来て、厠《かわや》に行きたくなったから、ちょっと預かっといてくれと赤ん坊をサメさんに抱かせ、女は近くの茶店に入ったとか。けれど、そのまま、女は裏手から姿を消して……何処の誰かも分からないまま、船手奉行所に連れて帰ってきた」

「そんなことが……」

「まだ生まれて間もない赤ん坊だ。捨て子が多い江戸だが、同心に預けるだけまだ人の心があったということか……しかし、独り身の家じゃ、どう育ててよいか分からないし、ご両親にも咎められてな……だから、俺に相談しにきたことがある。そこで、柳橋の『船橋屋《ふなばしや》』という知り合いの船宿の女将に頼んだのだが、なかなか育ての親が見つからない」

「困りましたね」

「だから、サメさんは、だったら自分で育てると組屋敷に連れて帰って、自分の子として面倒を見てたんです」

「その子をですか」

「ああ、女の子だった。自分の産んだ子を、よく捨てられるよな……と思って、サメさんはあちこち何日も、自分に赤ん坊を預けた女を探したんだが、なかなか見つからない」

「どうなったんです？」

「常々、人の命は大切にしろなんて言っている奴に限って、素知らぬ顔をする……本当に酷い世の中になったものだ」

「……その子は、どうなったのです」

睦美がもう一度、訊くと、薙左は鮫島に向かって、

「サメさんから言ってあげれば？」

と振った。少し戸惑っていた鮫島だが、

「ある日……俺がお勤めに出ていた間に、俺に預けた女が訪ねてきたらしく、預かってくれて有り難うと言い残して、連れ去ったらしいんだ。父上も母上も、その女の話を信じて手渡したんだが……」

「間違いだったのですか？」

「それも分からないんだ……」

「ええ、そんな……」

困ったように俯いた鮫島を眺めながら、薙左は付け足すように、

「かようにな、世の中ってのは、曖昧でいい加減で、何が正しくて何が間違いで、人のどういう行いが善で、何が悪なのか……誰にも分かりはしない。ひとときの感情で動いたり、できもしないことを安請け合いしたりしたことで、人生が狂ってしまうこともある」

「………」

「だから、睦美さん……あんたも、きちんと後のことも考えて物事をやらないと、自分が後悔するだけではなくて、誰かを傷つけることにだってなりかねませんよ」

まっすぐに見つめる薙左のキラキラした瞳を見て、

「――お優しいのですね、早乙女様は」

と睦美は微笑みながら、鮫島を見やると箸がまったく進んでいない。

「あら、お食べにならないのですか？　本当においしいですよ」

「え、ああ……」

「どうしたのです？」

「いや……」

鮫島は何か心に引っかかった顔つきになって、

「薙左……なんで、そんな話を持ち出したんだ……おまえはよく知ってることじゃないか……あの後、赤ん坊が死んで見つかったことを……あれは俺のせいだ……俺が殺したのも同じなんだ」

「そんなこと誰も言ってないだろう」

「――本当は俺のこと調べにきたのだろう。いや、この睦美さんのことを！　本当は、睦美さんと俺は何でもなくて……睦美さんが串部様の……」

「分かってます……しかし、実は別件で、睦美さんに話があったのです」

「私にですか？」

意外な目になる睦美に、薙左は向き直って、

「あなたは……辰治《たつじ》という男を知っていますね。上州高崎の出で、この深川で、達《だる》磨《ま》や虎の張り子などの置物を作る職人だったのですが……知ってるでしょう？　あなたとは夫婦約束をした相手なんですから」

「え……!?」

それまで穏やかな顔だった睦美の表情が一変した。

「夫婦約束……そこまでではありませんが、幼馴染《おさななじ》みで、とても信頼してました」

「そいつが今、何処でどうしてるか、知ってますか？」

「さあ、それは……」

分かってはいるようだが、話したくはないという様子だった。

逆に、鮫島が薙左に訊き返した。

「薙左……何の話か、はっきりと言え……俺が赤ん坊を殺すハメに陥ったように、何かまた失敗でもしてるってのか」

串部から、決して公にするなと言われていたが、上役である薙左に対しては、やはりきちんと話しておいた方がよいと判断し、

——睦美が何故に自分の女としてふるまっているか。

ということの理由を話した。

実は、串部左馬之亮がある窮地に陥っており、女のことで今の地位を脅かされているので、あくまでも鮫島の女だということで片づけたいとの意志があったのだ。

「つまり……お奉行の保身のため、サメさんが汚れ役になったというわけですね」

「…………」

「サメさんらしくない。串部様のことは、大嫌いなはずだが」

「むろん、それだけではない……俺は……前々から、睦美さんのことを知っており……本気で、そうなってもよいと……」

切実に語る鮫島を、睦美も意外な目で見ていた。以前から知っていたとは、睦美も気づいていなかったからだ。何度も、この境内で見かけたことを、鮫島は告白した。だが、何処の誰かとは知らず、まさか串部の〝囲い女〟とも思ってもいなかった。だから、今般、串部に命じられて、初めて睦美を訪ねたときには、天地がひっくり返るほど驚いたのだ。

「今、聞いて……私も驚きました……」

睦美ははにかんだように笑みを洩らしたが、改めて毅然と薙左を振り向いて、

「それで、早乙女様……辰治さんのことですが、何があったのでしょうか」

「…………」

「隠すことはありませんが、辰治さんは二年程前に阿片の抜け荷をした疑いで捕らえられて裁かれ、獄門になっております」

「獄門⁉」

驚いて目を向けたのは鮫島だったが、薙左は知っていたのであろう、冷静に、

「いや、獄門はなぜか急遽《きゅうきょ》、取りやめになって、佐渡送りにされた……しかし、半年程前に島抜けをして、そのまま行方が分からなくなったのだ」

「なんと……！」

船手奉行の〝囲い女〟の元亭主同然の男が、犯罪者だったということだ。しかも、島抜けとは、捕まれば今度こそ死罪だ。

それにしても、見張りの厳しい佐渡金山から逃げることなどはまずできない。逃げるならば船でないと無理だし、援助した者がいたということだ。鮫島はそう思った。

「サメさんの感じたとおり……今度は、盗賊の一味として、江戸に舞い戻ったという報せが、火盗改《かとうあらため》から入ってます」

「し、知りませんでした……生きてたんですが……辰治さんは……」

睦美はあまりにも驚いて、ぐらりと卒倒しそうになった。

「しかも、遠島は、串部様の父上、主計亮《かずえのすけ》様が評定所にて裁いたことだ」

死罪や遠島という重罪は町奉行ひとりで結審することはできず、評定所で合議した上で、老中の決裁、さらに将軍の許可がいる。

「サメさん……お奉行は、辰治の島抜けを知っていて、サメさんを睦美さんに近づけたんではなかろうか。あるいは……」

「あるいは？」

「いっそのこと、〝囲い女〟の存在を消したいがために、辰治を利用しようと考えているのかもしれない」

薙左の推察に、鮫島と睦美は何も答えることができなかった。

「改めて、睦美さんを護るよう、俺から命じるよ、サメさん」

衝撃のあまり、鬱屈《うっくつ》した顔になった睦美を、鮫島はじっと見つめながら、

「薙左……」

と溜息に似た声を洩らした。睦美も恐怖に似た感情が込み上げてきたのか、それとも辰治を懐かしく思ったのか、表情が複雑にゆがんでいた。

四

船手奉行所は、江戸湾からの風が常に厳しく吹きつけ、夜になっても隙間風で、行灯《あんどん》のあかりが怪しげに揺れていた。

いつもなら、番町の拝領屋敷に帰るのだが、今日は奉行直々に宿直であるから、執務室の隣の控えの間で、串部左馬之亮は寝間着に着替えていた。眠ろうと行灯を消したとき、梟《ふくろう》の鳴く声がして、中庭から声がかかった。自分の密偵であることは、串部にはすぐに分かった。

「かような刻限に、急ぎの報せか」

「お耳に入れておきたきことが」

「なんだ。申せ」

串部が許すと、密偵の声が障子越しに流れてきた。

「島抜けした辰治のことを、船手の早乙女が探っているよし」

「早乙女薙左か」

「はい」

「またぞろ邪魔をするつもりかのう」

「始末しますか。お父上からも、そうした方がよい旨、伝えられました」

「父上が……」

しばらく、串部は唸っていたが、おもむろに立ち上がると障子戸を開け、中庭に控えている密偵を見下ろした。

「──草間《くさま》……早乙女は、辰治が必ず睦美のもとに現れると見込んでいるのだな」

「さようでございます」

草間と呼ばれた密偵は頷いたものの、釈然としないことがあると首を傾げるのへ、
串部は少し苛ついた声で、

「何か憂い事でもあるのか」

「実は……睦美は、ある男に囲われているようですが……その男のことを調べたと

ころ、船手同心、鮫島拓兵衛でして……」

「それは違う。私が命じたのだ」

「え……？」

「早乙女薙左が動くことを想定して、鮫島に直々に命じたのだ。今般の島抜けについては、町方に先手を取られては困る。必ずや辰治をこっちの手で捕らえて葬らねば、この身が……この我が身が危うい」

「――はあ。ならば、何故、私たちにもその事情を……」

「密偵如《ごと》きが偉そうにぬかすな」

「…………」

「おまえたちは、辰治が現れ次第、斬り殺せばよいのだ。父上もそれを望んでおろう。私のあれこれが公になれば、父上ご自身も危ういゆえな」

「はい……」

「できれば早乙女が捕らえた後に斬り殺せ。さすれば、早乙女の不手際を責めて、奴を船手奉行所から追い出すこともできる」

「承知しました。すでに手の者が張り込んでおりますれば」

と草間は伝えた。串部は腕組みをして、

「元々、睦美に探りを入れたのは、北町奉行の島津《しまづ》丹波《たんば》の密偵かもしれぬという調べがあってのことだ。奴が睦美に命じて、私の女になったのだと……」

「…………」

「睦美が、島津丹波の密偵ならば、私にとっても好都合……逆手に取って、島津の足を引っ張るつもりじゃ……このところ、幕府は異国との戦準備のために公金の中から、秘密の金を蓄えているというが……それをよいことに私腹を肥やす輩もおる」

今で言えば、使途は問わない機密費のことである。

「島津丹波はまさにその中心人物であろうやもしれぬのだ……父上も評定所の一員として見逃すことはできぬ」

「はい……」

「しかも、睦美は、島流しになった男と行く末を言い交わしていた女だ。そんな女を密偵に使っていたとなると、島津丹波の立場も危うくなろう……清廉潔白というのは表向き。あんな奴、幕府から追放せねばな」

串部は苦虫を嚙み潰したような顔で、

「そして、辰治なる者、実は……私の弱みを握っている。奴を佐渡送りにしたのは、この私だ……まさか島抜けするとは思わなかったが、いっそのこと死罪になればよかったのに、父上が情けをかけたばっかりに……とにかく、早乙女が捕らえたら、すぐに殺せ、よいな。だが、俺が命じたとバレるようなドジは踏むなよ。さもないと……」

「分かっております。一番、恐いのは……あなたですから」

「万が一にも辰治の奴が、あのことを誰かに喋れば、面倒なことになる。覚悟を決めて消せ。おまえたちの罪は問わぬよう、私が上手くはからう。よいな」

串部が嗄《しゃが》れ声で命じると、草間はすべてを承知したように頷いた。

夜風が揺らす雲が、不気味な三日月を包んで、江戸の空は漆黒の闇と変わった。

翌日未明のことである。

行商人風の男が、日本橋川を滑るように流れている川船に乗っていた。船頭が必死に漕いでいる姿が、まだ薄暗い中に浮かんだ。

その後を――。

船手同心・広瀬恭矢と捕方らが乗った川船が、懸命に逃げる船を追いかけている。捕縛しようとしているのだ。

隅田川に出る手前の入り組んだ狭い掘割に入った時、逃げていた川船は船泊の杭《くい》にぶつかって、その弾みで船頭が川に落ちてしまった。乗っていた行商人風の男は、船縁《ふなべり》にしっかり摑まって踏ん張っていたが、行く手には橋番所があって、番人たちが提灯を掲げて待ち伏せていた。

身動きできない行商人風は、舫綱《もやいづな》を掘割沿いの辻灯籠に投げて掛けると引っ張ると、川船を岸に寄せて、飛び移った。そして、裏路地に足を踏み入れて、奥へ向かったが、そこは行き止まりだった。

「!?——」

戻ろうとすると、すでに陸に上がっていた広瀬と捕方たちが迫ってきていて、あっという間に、行商人風に飛びかかった。

「あっ。いてて……いててて……助けてくれえ！　痛《いて》え、痛えよう！」

背骨が折れそうだと悲鳴をあげた。刺股《さすまた》や突棒《つくぼう》などで牽制《けんせい》されながら、ようやく引きずり出された三十がらみの男は、情けない顔で頭を抱えて、

「た。助けてくれ……わああ、勘弁してくれよう」

「行商人のふりをしているが、おまえは桑名《くわな》の亀蔵《かめぞう》と名乗る遊び人だな」

「知らねえ。俺は、何も知らねえ」

「大人しくしやがれ」

男は広瀬に引っ張られて船に乗せられ、直《ただ》ちに船手奉行所まで連行されて、薙左に尋問された。

「おまえは、桑名の亀蔵に間違いないな」

薙左が伝法な口調で問いかけると、亀蔵は驚いた目で見上げて、

「正直に話せば、これまでの色々な小さな罪は見逃してやってもいい」

「な、何を話せと……」

「おまえが匿《かくま》った、辰治の隠れ家だよ」

「！……どうして、そのことを」

と言いかけて口を塞《ふさ》いだ。

「いいから話せ。その気になれば、この場でお仕置きだってできるんだ。船手は町方とは違うのだ。噂にくらい聞いたことがあるだろう。乱暴な猛者の集まりだって

な」

「お、脅かすのか……」

「殺されないだけマシだと思え。こっちは斬り捨て御免なんだ。てめえが辰治と組んでいたのは先刻承知なんだよ！」

薙左らしくない怒声を浴びせた。これも白状させる手立てである。度肝を抜かれた亀蔵は、思わず息を飲んで、

「勘弁してくれ！　奴は、俺の命の恩人なんですよ」

「ほう……そりゃ、大したもんだ」

「俺が侍に斬られそうになったとき、体を張って助けてくれたんだ……一度や二度じゃねえ。本当だ」

「泣かせる話だな。そんな立派な御仁《ごじん》が、佐渡送りにされるか？　そして、島抜けをして姿をくらました」

「知らねえ……」

亀蔵は藻掻《もが》くような声になったが、薙左に首根っこを掴まれると、すぐに何度も頷きながら話した。

「とんでもねえものを見たんだ……辰治とふたりで」

「なんだ、それは」

ぶるぶると俄に震えながら、それでも亀蔵は懸命に、

「あれは……辰治が処刑される半年程前のことだった」

辰治と亀蔵は、ある旗本の中間《ちゆうげん》部屋でやっていた博打で負けが込んだ夜、通りかかった蕎麦《そば》屋台で飲むことにした。すると、羽織袴をつけた立派な侍が三人ばかり近づいてきて、

「金儲けをせぬか」

と誘いをかけてきた。

「もしや……今の御旗本の家中のお方で？」

察しのいい辰治が言うと、余計な詮索はせんでよいと言ったが、賭場で負けが込んだ奴に〝やばい仕事〟を持ちかけることはよくあることだ。辰治と亀蔵は、その侍たちに誘われるままに、向島百花園の近くにある商家の寮に来た。そこでは、江戸で名のある商家の旦那衆が集まって、阿片を吸いながら女遊びをしていたとのことだった。

そのような所が、お上に目をつけられてしまっては、商家の旦那衆が捕まり、店は闕所、家族が離散することは火を見るよりも明らかである。その番人役が、亀蔵の役目であった。日当一両の報酬で、三十日間だという。悪事と知りつつ、金に目が眩《くら》んで引き受けた。辰治は他の役目を引き受けたという。

「それが、罠《わな》だったんだ……同じ夜、いきなり、北町奉行の同心が乗り込んできて、あっという間に、俺たちは捕縛されて、小伝馬町牢屋敷に入れられた。そして、翌日には、お白洲にかけられて、辰治は獄門……俺は無罪放免になったんだ」

お白洲で結審したのは島津丹波だが、評定所で、罪科を遠島に準じて佐渡送りにしろと頑張ったのは、串部主計亮だった。

「結局、辰治は佐渡送りになりやした……」

亀蔵が申し訳なさそうに言うと、薙左はじっと見据えて、

「どうして、おまえは無罪放免になったんだ。辰治と一緒に捕らえられたのに」

「分かりません」

首を振って辰治は、その時のことを思い出すように、

「狙いはおいらではなくて、辰治だけだったのかもしれません」

「狙い？」

「だって、そうじゃないですか。どう考えたって、罠だ、ありゃ……」

「で、そのことを……おまえだけが無罪になったことを話せば……何か不都合があるのか。誰かに命を奪われるのか？　もしかして、辰治をハメるのに、おまえも一役買っていたのではないか？」

「…………」

「命の恩人を売ったのか」

「ば、ばかな……」

ぶるぶると震えはじめた亀蔵は、必死に首を振って、

「奴は、阿片のことを素直に認めたけど……あっしは何も知らなかった。ただ、辰治に誘われて一緒に行っただけだって……」

「そう証言しただけで、無罪か」

「俺は……俺は本当に知らなかったから、知らないと言っただけだ……」

亀蔵は突然、わあわあ泣き出してしまい、後は言葉にならなかった。

人の気配に立ち上がった薙左は、吟味部屋の片隅にある格子窓から外を見た。

すると――羽織袴の侍がふたり立っていた。もしかすると、辰治と亀蔵に声をかけた奴かもしれぬ。

さりげなく、薙左が目配せをすると、水主の弁吉《べんきち》が腰を上げた。水主と言っても、九鬼水軍の流れを汲《く》む者で、かつては船手頭の向井将監のもとで密偵をしていた忍びである。

しかと頷いた弁吉の目には、常に死と向かい合っている覚悟が滲《にじ》み出ていた。

五

睦美には、数人の船手同心たちを見張りにつけている。加えて、鮫島の道場仲間にも頼んで、万一に備えてから、鮫島は船手奉行所に顔を出した。

串部の執務室に来るや、開口一番、

「万事、うまくいっておりますれば、ご安心下さい」

と言った。だが、串部は納得していないような訝った目で、

「どうなっておるのだ……鮫島」

「は？」

「睦美の所に泊まり込んでおるそうだな。そこまで、私は命じておらぬぞ」

「申し訳ありませぬ」

「謝って済むと思うてか、この不埒者《ふらちもの》めが。おまえは、私と睦美の間を知っておろうが。なのに、おまえは……」

荒らげそうになった声を必死に我慢して、串部は息を吸い込むと、何かを言おうとしたが、鮫島の方が平伏して、

「よく承知しております。誰が聞いているか分かりませんので、言うまでもありませぬ……それにしても、私の任務では信じられなくて、他に密偵でも張りつけておいでですか」

「……………」

「つまらぬ嫉妬はよして下さい。それよりも……」

鮫島は、辰治が睦美のもとに現れるかもしれないと話そうとしたが、父親が判決に関わっていることゆえ、言葉を飲んだ。そもそも、鮫島は串部のことを信頼していない。むしろ、親の七光りで、船手奉行は腰掛けだとぬかした目の前の男を毛嫌

いしている。

「なんだ、その目は……」

「睦美さんは……串部様のことを信頼しておいでのようですが、お奉行はどうなのです。本当に惚れているのですかな」

「そんな話はよい。それよりも……」

串部は声を潜めて、

「昨夜、父上から、発破をかけられた」

「発破？」

「父上は……戸田泰全とウマが合わなくてな、その婿の早乙女蕃左のことも、どうも好きになれぬらしい」

「………」

「おまえとて、かつての部下に上役になられては、目障りで仕方がないだろう」

「たしかに、そうですな」

「ならば、逆転させてやろう。いや、早乙女はもう船手にはいらぬ。どうだ。そのためならば、私も力を貸すぞ」

嫌味な笑みを洩らした串部は、まるで悪魔の囁きでもするように、

「どうじゃ、鮫島……それほど、睦美に惚れているならば……ああ、私の密偵から聞いた……ならば、おまえにやろう」

「………」

「その代わり、早乙女を葬れ。どうだ」

串部はすっかりお見通しなのだとでも言いたげに、自慢たらしく述べた。こういうところが、〝お坊ちゃま〟なのだ。

「お奉行は……はっきりとは分かっておりませぬね」

「何がだ」

「下手をすれば、お奉行の身が危ういということです」

「どういうことだ」

「ご自身の胸によく手を当てて考えてごらん下さい」

「待て、鮫島……私は、早乙女が睦美に会ったのも知っておる。小細工はするな。私の父上が関わっているのだ。しかも……父上と老中・阿部正弘《あべまさひろ》様とは、昵懇である。小さな賊を潰すために、大きな味方を失うことはなかろう。分かるな」

「なるほど……では、串部様は本気で、睦美さんを私にくれるのですな」

「武士に二言はない」

「ならば……後は、俺に任せて貰いたい。実は、睦美さんのもとにある男が現れる可能性があります。むろん、お奉行は承知しておいででしょうが」

探るような目で、鮫島は串部を見て、

「ああ、承知している……辰治のことであろう」

「やはり」

「そもそも、辰治を佐渡送りにしたのは、私が睦美を欲したからだ。睦美を私のものにしたかった」

「！……もしや、罠にはめたのは……」

鮫島が訊くと、串部ははっきりとは答えぬが曖昧に頷いて、

「だから、辰治とやらが獄門罪になるのは可哀想だから、父上に頼んで佐渡送りにしてやったのだ」

「そうでしたか……ならば、その思いを全うしてやったらどうです？」

真剣なまなざしになって鮫島は言った。

「でないと、辰治が睦美さんに何かするかもしれない」

「そうならぬよう、おまえが護れ」

「どうやって、島抜けをして江戸まで来たのか分かりませぬが……今は、昔、つるんでいた亀蔵という男を頼っているようです。しかしね、お奉行……狙いは、あなたの方だと思うのですよ、俺は」

「何故じゃ」

「睦美さんを奪うための、罠だと分かったのではないですかな。惚れていた女が、幕府の偉い人の女になっているのが、悔しくてしょうがないのでは？」

「それは、どうかな……辰治はひとりの女に恋々とするような、そんな男ではない。ましてや、私を怨んだりするはずがない」

自信満々に答えた串部を、鮫島は不思議そうに見やり、

「なぜ、辰治のことをそこまで知っている……まだ裏があるのですな」

「辰治は……実は串部一族に、いにしえより仕えていた忍びの一族の末裔《まつえい》だ」

「忍び……」

「神君家康《いえやす》公に仕えし、伴与《ばんよ》七郎《しちろう》という忍びの流れにある甲賀者で、江戸市中にあ

って は、様々な職人や商人に扮して、私の屋敷にも出入りしていた」

「では、亀蔵の方も……」

「いや。そいつのことは知らぬ。おそらく、辰治が利用していた町人であろう」

「なるほど。だから、無罪放免か」

「ん？」

「いや、こちらのことで」

串部は遠い目になって、辰治が捕まったときのことを思い出して、

「奴が阿片絡みで捕らえられたときには、最初は信じられなかったが……やはり親父が仕組んでいたのだなとは感じた」

「串部主計亮様が……」

「私も少しはその時の老中や若年寄に、助命嘆願はしたがな……我ながら、ぞっとした……裏では、家臣同然の辰治を葬ろうとし、表向きは助命しているのだからな」

「…………」

「だが、睦美に心底惚れたのは事実だ。辰治と行く末を交わした女だと知った途端、

奴のことが憎くなったのだ」

「――返す返す、とんでもないお人ですな、あなたって人は」

「欲しいものは、どうしてでも手にしたいだけだ……それが悪いことか」

鮫島は溜息混じりで串部を見た。その一方で、睦美のようないい女を自分のものにしたいと願う気持ちは分からないでもなかった。

「もはや、考えている時がありません。いずれにせよ、俺は睦美さんを護る。それが、あんたの保身のためであっても」

「決して、人に知られるでないぞ。よいな、おまえを引き立てる。早乙女は転落させる。それが私の願いだ。よいな」

自分勝手で、小心者の串部という男を、心の中では軽蔑《けいべつ》していた鮫島ではあるが、恋の成就のためならば、薙左を裏切ってもよい――そう思わせる睦美であった。

「さよう……いい女であろう……おまえの女房にすればよい。さすれば、私とも〝兄弟〟ということだ……出世も約束しよう。もう少し利口になれ」

「…………」

「船手なんぞより、もっとよい役職はある。異国船と戦うことになれば、まっさきに死ぬのはおまえたちだ……そうならぬよう、身の振り方を考えるがよい。おまえが惚れに惚れた……睦美のためにもな」

すっかり鮫島を丸め込んだ串部は、実に愉快そうに笑った。

「さよう……俺も、そう願いたいですな」

鮫島も満足そうに頷いて、脳裏にはまた睦美の顔を思い浮かべるのであった。

六

その翌日、鮫島は串部の真意を睦美に告げた。だが、睦美はあっさりと、

「分かっております。串部様はいずれ、もっと大きな奉行職に就く人です。私は何とも思っておりません」

と言った。それが本心かどうかは、鮫島は推し測ることはできなかったが、怨みを抱いていないのは確かだった。そのことが、鮫島には引っかかった。

「何故、そう冷静でいられるのだ。好きな相手のことならば、もっと狂おしくなるはずだがな……俺には理解ができぬ」

「私はこれでも武家の出です……」

「うむ。だから、理不尽なことでも我慢をしているとでも」

「そうではありませぬ。父上に、かような話をされたことがあります。人がこの世に生まれたのは、何か重い荷物を背負わされるためだ。それは人のためで、世のためになることなのだ。だから、文句を言わず、すべてを受け入れて、背負い続けなければならない」

「なるほど、慧眼《けいがん》だな」

「ですから、どのようなことがあっても、それは自分に課された試練。素直に、あるがままに生きろ、と……」

感心して聞いていたが、鮫島はあえて尋ねた。

「あんた、本当は辰治が獄門じゃなかったってことを知ってたんじゃないのかい」

「…………」

「だから、ずっと待っていたのか……たとえ、その身を串部に預けても、ずっと辰治のことを待っていたのか……」

睦美は少し間を置き、微笑み返して、

「――辰治さんが島流しになってから、何度も思いました……あの人が、もし、私の知らない遠い佐渡島で、死ぬことがあったら……もし、一生帰ってこられないと分かったら……私も死のうって」

「……………」

「でも、あの人は、誰かの陰謀で佐渡送りになったのです。それでも、黙って受け入れる人かもしれませんが、きっと帰ってくる。私のところに帰ってくる……そう信じておりました」

「そこまで……」

素直に言った睦美には、迷いというものがなさそうだった。

人は心の奥を隠すために、『飾り窓』を作ると、鮫島は誰かから聞いたことがある。本音を知られたくないだけではなく、世間を欺くためである。だが、そうして世間を偽っていた自分が、いつしか本当の姿になってしまって、心まで変わることがあるというのだ。

目の前の睦美も、『飾り窓』を鮫島に見せているに過ぎないかもしれない。だが、その窓を取り払いたいと、鮫島は心の底から思うのだった。

「本当は……辰治に会いたいのか」

「会って、謝りたいんです……こうして、私だけが幸せでいることを……」

その睦美の思いとは裏腹に、島抜けをしたのが事実なら、死罪である。また、睦美は悲しい思いをしなければならない。

「どうだ、睦美さん……俺と、一緒に何処か遠くに行かないか」

と鮫島は声をかけた。

「ずっと、ここまで出かかっていたのだ」

喉元《のどもと》を指しながら、鮫島は続けた。

「殺伐とした同心稼業だった……特に船手では、自分が一体、何のために頑張っているのか分からなくなることがある……町方の定町廻りのように派手さはなく、手柄を立てることもない」

「…………」

「そりゃ、俺たちの仕事は手柄を立てることではなく、人知れず、人を助ける、ということに尽きる。だが……」

「だが？」

「厳しい日々の中で、俺なりに夢も抱いてきたんだ」

「どのような？」

「これぞと決めた好いた女と、生涯暮らすことだ」

「…………」

「こんな話をしたことはないが……俺の親父はもちろん、しがない御家人だったが、惚れてもいない女……つまり俺の母親と一緒だったために、つまらぬ人生だとバカのように繰り返していた」

「…………」

「だから、俺も、女なんぞ下らぬ獣だとしか思っていなかった時もある。だが、天下国家がどうなろうと、異国と戦をしようと、大切なものは愛《いと》しい女でしかない。そう思うと、何と言ってよいか……」

鮫島は言葉を詰まらせた。

「そういう思いがないと、異国船と戦うこともできぬのではないか。つくづくそう感じるようになったのだ」

心の奥底から、鮫島は一気に思いを吐露した。常々、女なんぞ、つまらぬ生き物だと言っている鮫島とは違う人間のようだ。

「俺と遠くへ行ってくれ……他には何もいらぬ……おまえだけがいればいい。生涯、この手を離さぬ。大切にする」

「――さ、鮫島様……」

睦美も鮫島のことを、心憎からず思っている。いや、むしろ傾いている。このふたりの熱い思いが煮えたぎったように噴出しそうになった時である。

屋敷の表で、大八車でもぶつかったような激しい音がした。

すわっ、何事かと、鮫島は素早く刀を摑んで表に出ると、いくつもの天水桶が転がっており、頰被《ほおかむ》りをした職人風の男が猫のように身構えて立っていた。眼光だけが異様に鋭く、鮫島は殺気すら感じた。

足下は天水桶から溢れた水で濡れている。それに思わず気が行った時、

――ふわり……。

天狗《てんぐ》のように舞い上がって、鮫島の前に着地したかと思うと、その喉元に匕首《あいくち》の刃が突き立てられそうになった。

「もしや、辰治か……」

鮫島が訊くと、相手は返事をせず、ただ、

「てめえか。睦美をいたぶっていた役人てのは」

と言って匕首で喉を突き抜こうとした。

「やはり、辰治だな……おまえは運がいい。俺でなければ、すぐに斬り殺されていたかもしれぬぞ」

「なんだと。ならば、死ねッ」

頬被りの男が匕首を突き出した時、

「やめて下さい。辰治さん」

つんのめりながら駆け寄ってきた睦美が、その男の前に立ちはだかった。

「む、睦美……！」

「辰治さん。会いたかった……私はただの一日だって忘れたことはありません」

「どけい」

睦美を押し遣ると、辰治は鮫島に向かって乱暴に、

「こいつは、串部の手先だろう。俺があいつら父子《おやこ》のために、どんな目に遭ったか……思い知らせてやる」

「だったら、この人は関わりないわ」

必死に訴える睦美に、辰治はケッと吐き捨てるように、

「何を言い訳してやがる。今、そこで乳繰り合ってたのを、俺が見てねえとでも思っていたのか、エエ！」

「おまえは浅はかだな、辰治。睦美さんが庇ったのは、俺に斬られないようにだよ」

「しゃらくせえ！」

ぐいっと辰治が匕首に力を込めた瞬間、鮫島の拳《こぶし》が辰治の脇腹を強打し、素早く腕を捩《ね》じ上げて投げ飛ばした。

そこへ――。

「いつもながら見事だな、サメさん」

ぶらりと垣根の外から、現れたのは薙左だった。鮫島は何となくバツが悪そうな表情になったが、船手で辰治のことを尾けていたということは、すぐに察した。

薙左は目顔で、鮫島に頷きながら、背中から倒れたままの辰治に近づいて、

「忍びのくせに様《ざま》アないな。佐渡島で体が鈍《なま》ったか」

「うぅッ……」

「船手奉行所筆頭与力・早乙女薙左である。観念せい。おまえは既に取り囲まれている」

それでも辰治は跳ね起きると、抗おうとしたが、鮫島がもう一撃食らわした。

「ふん、おまえも串部の手下ってわけか……寄ってたかって俺に口封じしようたって、無理な話だぜ」

と辰治が言った時、さらに数人の影が泰然と闇の中から現れた。猿廻しのような格好をしているが、串部の密偵、草間とその手下のようだ。いずれも刀を抜き払っている。

「——辰治……俺たち甲賀伴一族の誇りは何処へ消えた」

「黙れ。うぬらこそ、ただの飼い犬ではないか。まことに主家、徳川《とくがわ》家のことを思うのならば、串部なんぞに与《くみ》するんじゃねえ」

「愚か者めが」

草間は不敵な笑みを浮かべて、

「辰治……おまえが島抜けし易《やす》いようにしたのは、俺たちだということ知らぬようだな……佐渡島で消してもよかったのだが、それでは意味がない……あくまでも、おまえに、あの一件の首謀者として死んで貰わねばならぬ」

「黙りやがれ、草間！　おまえが甲賀伴一族の頭領、十五代目与五郎《よごろう》様を殺し、串部主計亮に擦り寄ったこと、この俺が知らねえとでも思っているのかッ」

辰治が叫んだ時、睦美の屋敷を数十人の忍びが取り囲んだ。黒装束ばかりである。あまりの数の多さに、薙左も鮫島も凝然となった。待機していた広瀬や数人の捕方たちも身動きできないほどだった。

「とんだことになりやがったな……ただの島抜けやろうとは違ったか……」

鮫島は吐き出すように言うと、緊張の目になって、薙左と頷き合った。

七

凍りついたように動けない薙左たちを、じわじわと間合いを詰めながら、黒装束が取り囲んできた。

ゆっくりと抜刀した草間は、

「早乙女様……これは、もはや咎人を追い詰めた役人のお話ではなく、我ら伴一族の内紛にござれば、お手出し無用に存ずる」

と野太い声で牽制した。

「そうは参らぬ」

薙左もおもむろに抜刀しながら、

「まずは、我らが船手で吟味をし、あんたら一族の雇い主であろう串部奉行には、この俺が責任をもって引き渡す」

「余計な段取りはいらぬ……それが串部様自らの……」

草間が言いかけるのに被せて、

「ならば余計に阻止致す。御定法に則って裁くのが、我ら役人の務めゆえな」

「それ以上、我らに逆らうのは無駄だ、早乙女様。でないと、あなたひとりのことではない……妻子にも累が及ぶこと、覚悟なされるがよろしかろう」

「なんだと……」

「我ら忍びは、御定法も何も関わりのないところで生きております。我が主君の命令が法なのだからな」

「愚かな！」

草間ははっきり言葉にはしなかったが、妻子の命を貰うとの覚悟で、すでに番町の戸田家の周辺に仲間がいると察するような態度をした。薙左は鋭く感じたが、

「そうやって、人の命を弄《もてあそ》ぶことが、俺は許せぬのだ」

「黙れ、早乙女！」

今度は、なぜか気迫の籠《こ》もった声で、草間が刃を向けた。

「この国は、まもなく戦渦《せんか》に巻き込まれる。異国から攻められ、さらには国内でも、色々な考えの持ち主が抗争を繰り広げるであろう。戦国の世のようにな」

「だからと言って、かような人殺しの真似事が許されるのか」

「言ったであろう。我らは法の外で生きてきた草の者だ……草間という姓名は、名もなく手柄もなく、草と草の間でただ蠢《うごめ》いて死んでいく、虫の一生のようなものだからだ」

「阿片の一件にかこつけて、この辰治を罰したのは、何故だ……」

薙左は話を逸《そ》らした。いや、元に戻そうとしたのだが、相手は食いついてこなかった。ただ、辰治の方から刃向かおうとしたが、危うく殺されそうになったので、

咄嗟《とっさ》に鮫島が庇った。

草間の目つきが俄に鋭くなって、

「面倒だ……やってしまえ」

と声をかけると、手下たちは間髪入れず手裏剣を打ちつけてきた。

わっと広瀬が逃げ出すと、捕方たちも思わず物陰に隠れた。

その前に踏み出た薙左は、斬り込んでくる忍びたちを数人、縫うように斬り倒すと、わずかに身を引いて構え直して、

「妻子のことは、戸田泰全様が護ってくれよう……こっちは、こっちで遠慮なく斬る」

まるで捨て身の薙左の気概は、ただ命令に従う相手の忍びたちよりも強かった。

「くらえッ」

草間と薙左は、一閃《いっせん》二閃、刃を交えた。が、草間の方が後手になって押され気味だった。それに鮫島の胴田貫が猛然と荷担して、一気に踏み込んでくる忍びたちを斬り倒し、たったふたりで十数人をあっという間に戦闘不能に陥れた。

だが、相手はまるで死霊《しりょう》のように何十人も現れる。

それでも、薙左は怯まない。たとえ人数が多くても、頭領が倒れれば、潮が引くように去っていくものである。薙左の刀が、丁度、円弧を描くように回転するや、忍びたちの刀に触れもせず斬り裂いてゆく。

そのうちの誰かの血が飛び散って、草間の目に入った。

ほんの一瞬の隙に——薙左の剣が、草間の右腕を斬り落とした。

「うぐ……！」

猛烈な痛みのはずだが、さすがは忍びの頭領だけのことはある。ぐっと奥歯を噛みしめて、

「ひ、引け……」

と叫んだ。

草間は後ずさりをしながら、跳ね上がり、垣根の外に出て逃げた。途端、それまで俺を取り囲んでいた黒装束たちも、蜘蛛《くも》の子を散らすように、あっという間に立ち去ったのである。

刀を鞘に納めて、辰治を振り返った薙左はまだ険しい目のままで、

「すまぬな、辰治。俺は同じ公儀役人として恥ずかしい」

「なんと……」

「串部様は、おまえにあらぬ罪をなすりつけて罪人にしたらしいが。俺も……俺なりに覚悟ができたよ」

「え……？」

「親子揃って、救いようのない奴らだと思ってな。長崎奉行の時には、抜け荷にも荷担していたことだしな。事と次第では……」

薙左は刀に手をあてがって、

「船手奉行所与力として、斬り捨て御免と相成るやもしれぬ」

「！……」

「おまえが知り得たこと、公の場で話すことができるかい？」

押し黙っている辰治に、鮫島が声をかけた。

「この睦美さんは、おまえとやり直したいと考えているのではないかな」

「ええ？」

「もし、おまえが佐渡島で死ぬようなことがあれば、後を追うつもりだった……その気持ちを汲んで、ふたりしてやり直すならば、俺は……俺は身を引く」

と鮫島は辰治の背中を押し遣って、睦美に近づけた。

「もっとも、俺は身を引くようなことはしてないがな。ふはは」

小さく頷く睦美を見つめて、辰治も頷き返すのであった。


その夜、山下門外にある串部の屋敷には、父子が揃った前に、草間が控えていた。

失った右手は袖がだらりと垂れている。

「――おまえとしたことが、文字どおり手抜かりだったな」

父親の主計亮の方が、憎々しげに頬をゆがめて言った。恰幅《かっぷく》のよい父親に比べて、息子の左馬之亮の方は、情けないほど撫で肩で俯いているように見える。

草間は痛ましい顔で深々と頭を下げた。

「申し訳ございませぬ……腕がまだあるような錯覚に囚われております。しかし、いずれ仕返しを……」

「おまえの仕返しなど、どうでもよい」

串部主計亮は苦々しく唇を噛むと、脇息《きょうそく》を苛々しながら叩きつけて、今にも草間を斬るかのような険しい表情になった。

「草間一族も焼きが廻ったということだな。もはや用はない。何処なりと好きな所へ行くがよかろう」

「殿……そんなご無体な……」

「それだけの傷を負わされて、おめおめと逃げ帰るとは……腹を切るべきだったな。いや、忍びにその選択はないいか」

「恥ずかしい限りです」

「ならば、何処ぞへ行って死ぬがよい。死期を悟った犬や猫のようにな」

一瞬、草間の目が鋭くなった。主計亮はそれを見逃さず、

「なんじゃ、その目は！」

「…………」

「早乙女を陥れることもできず、辰治も始末できなかった。言い訳ができるか」

「も、申し訳ありませぬ……ですが、今一度だけ、機会を……」

「ないな。老中の阿部正弘様は、北町奉行の島津丹波をして、何故に辰治が島抜けをしたのか、お白洲を開かせるらしい」

「なんと!?」

「さすれば、どうなる……儂が築いてきたことが、すべて水の泡、海の藻屑《もくず》じゃ……しかも、睦美とやらは島津の密偵である節もある。だとすれば、このバカ息子の左馬之亮を籠絡《ろうらく》して、儂の非を引きずり出すつもりだったのやもしれぬ……本気で惚れるバカがあるかッ」

「わ、私は……別に……」

上目遣いで父親を見る串部左馬之亮は、まったくの逃げ腰であった。

主計亮はもう一度、睨みつけて、

「よいな。二度と儂らの前に顔を出すな」

「そんな……と、殿……私たち一族は、串部家のために尽くして参りました。もし、これから異国との戦になれば、我らが先頭に立って、命がけで……」

「ほとほとバカだな、おまえは」

「…………」

「異国と戦になる？　なるわけがなかろう。儂は長崎奉行をしてきたから分かるが、異国の力が、エゲレスやフランス、アメリカなどとはまったく比べものにならぬ。我らは、恭順して、従うしかないのだ」

「え、ええ……!?」

「いずれ幕府なんぞ消える。その時に、生き残る道は……奴らと、欧米と手を握った者だけだ。だから、儂はこれまで、色々と下地を作り、土台を築いてきた……ここで、無にされてたまるか」

「その下地とは……?」

「おまえに言う必要はない。早々に、立ち去れい!」

狼狽《ろうばい》する草間に、主計亮は付け加えた。

「のう……早乙女が何故、おまえを殺しもせず帰したか分かるか……」

「………」

「こうして、儂と会うのを見越してのことだ。はっきり繋がりがあるのを、あやつは確認をしたかったのだ」

草間は一文字に口を結ぶと、さらに深々と土下座をして、

「殿……私は心より、殿の忠犬だったつもりでございます……今後とも、どうか串部家のために働かせて下され」

「くどい」

と主計亮が鋭い目のまま首を振ると、ほんの一瞬、悔しそうに脇差に手を当てた途端、ゆっくりと立ち上がると、

「おまえに殊勝な気などないことは、よう分かった」

そう言うなり、刀を抜き払って、草間を斬り捨てた。

「ひええ!」

悲痛な叫び声を上げた左馬之亮は、這うように隣室に逃げるのであった。

「バカモノめが。すべて、おまえのせいじゃ、左馬之亮。この草間はおまえの代わりに死んだと思って、せいぜい供養してやれ」

主計亮はそう言うと、懐紙で血糊《ちのり》を拭いて、奥の座敷に立ち去った。家臣たちが片づけ始めた草間の死体を、左馬之亮はガクガクと震えながら見ていた。

八

江戸城辰之口評定所に、串部主計亮が呼び出されたのは、その二日後のことであった。担当の町奉行、勘定奉行、寺社奉行、大目付《おおめつけ》、目付の五掛《がかり》である。

月によっては、串部も評定する側として臨座《りんざ》するから、勝手知ったる所であったが、様子がいつもと違うのは、老中首座の阿部正弘も同席していたからである。老中や若年寄はこの場では発言は控えるが、よほどの重要な案件でない限り、忙しい幕閣が来るわけがない。

——何かある……。

と串部が思うのは無理からぬことであった。

「それでは、只今より、佐渡島から島抜けをした辰治なる男につき、吟味致す」

評議進行役の大目付が口火を切ると、すぐさま串部が身を乗り出して、

「そのことでござるが、それがしにまず話したき儀がございます」

と言ったが、大目付は制して、

「此度の一件は、串部殿の不祥事についての吟味でござれば、申し述べたいことがあれば、後で反論願いたい」

「されど……」

「上申した者が先に供述し、その反論をするのが、評定所のしきたりであること、そこもとも重々、承知しておりましょう」

「ふむ……さようですな」

串部は仕方なく身を引いた。そして、町奉行の島津丹波が一同を見廻してから、おもむろに話し始めた。島津は他の幕閣に比べて、まだ少壮の雰囲気が漂っており、若手の有能な官吏であることは間違いなさそうだ。

「身共の調べで、勘定奉行串部主計亮殿は、その立場を利用して、公金の横領並びに抜け荷の援助をしていた節があります。これまでも、串部殿については色々な噂がありましたが、噂は噂……証拠がないことで、断罪をすることはできませぬから、評定にかけることもありませなんだ」

目を閉じて黙って聞いていた串部に、島津丹波は続けて、

「しかし、此度、佐渡島から島抜けをしてまで、江戸に現れた辰治なる男が、船手奉行所を通じて、すべて暴露しました」

「船手……だと?」

評定に立ち会っていた他の奉行や目付から、小さな声が洩れた。主計亮の息子の串部左馬之亮が、船手奉行であることは、誰もが承知していることだからである。

島津はさらに続けて、一冊の綴《と》じた文書を差し出し、事件の概要を話した。

「船手奉行所筆頭与力の早乙女薙左が記した、この調書《しらべがき》によれば……辰治なる者は、串部主計亮殿に仕えし密偵であり、阿片を扱っていた疑いで、一旦は死罪となったが、串部殿の配慮が採用されて、佐渡送りとなったことは、ご一同も承知していることでしょう。ですが、今般、それに疑義が生まれました」

「どういう疑義でござるか」

寺社奉行から問いかけられると、大目付は頷いて、すぐに答えた。

「阿片の抜け荷と密売をしていたのは、串部主計亮殿が自らの指示でやっていたことであり、これは長崎奉行の頃から手を染めていたとのこと、辰治は話しました」

「ばかな……」

串部主計亮は苦虫を嚙み潰したような顔で、吐き捨てるように言ったが、島津はそれを無視して、話を続けた。

「長崎奉行から勘定奉行への出世の道筋があることで、これに類した悪行を成す者が跡を絶たないが、中国の阿片戦争の例を出すまでもなく、我が国に危険をもたらす、まさに背任行為である。さらに、主計亮殿がご子息の左馬之亮殿を、船手奉行に推して、その地位に置いたのは、万が一、抜け荷がバレそうになっても、事前に処理をするためだと考えられる」

「出鱈目を言うな！　島津……おぬし、儂に怨みでもあるのか！」

さすがに怒りが爆発して、串部主計亮は大声を張り上げたが、評定所の下役人たちが懸命に冷静になるようにと押しとどめた。島津は淡々と続けた。

「評定の席ですぞ、串部殿。私は貴殿を尊敬していたくらいですが、今般のことでは、いささかガッカリしました。もっとも、この感想とて、本来は言ってはならぬこと。事実をきちんと述べることで、ご一同には正しい評定をして貰いたい」

もっともらしいことを島津は言ってから、

「さて……この調書によれば、ご子息の左馬之亮殿は、抜け荷を取り締まるべき立場でありながら、こっそりと父上の主計亮殿の有利になるように、取りはからっていたことが判明致しました」

「なんと、それは、まことか……！」

浮き足立つ評定所の面々に、島津はしかと頷きながら、

「与力や同心によると、抜け荷をしていた船から押収した阿片の一部を、左馬之亮殿がこっそりと主計亮殿に横流ししていたとのことです。これは、早乙女薙左なる

筆頭与力が、きちんとその数量を調べてのことです」

薙左の名を、ここに居並ぶ者たちは承知している。戸田泰全の婿養子であることも分かっているから、信頼が高かった。島津はその他にも、辰治が主計亮の密偵だったことから、二年前の事件においては、〝身代わり〟として佐渡送りとなったこと、辰治を始末しそこねたことによって、配下の草間という者を問答無用で斬り殺したことなどを伝えた。

「——よって、串部主計亮殿は、勘定奉行に相応しからざる所業を成したる故、その役職を解き、御家断絶も検討されたい」

島津がそう述べ終えた時、顔を真っ赤にして聞いていた串部主計亮が腰を浮かさんばかりに、声を荒らげた。

「なんの茶番だ、これは！」

「お静まり下さいませ、串部殿」

寺社奉行が落ち着くように言ったが、まったく聞く耳を持たず、

「辰治とやらが、早乙女に話した調書ひとつで、この私が罪人扱いかッ。辰治という密偵なんぞは知らぬし、草間なる者を斬ったことなどもない」

と串部主計亮はキッパリと言った。

「そもそも島抜けをしたような罪人の言うことが信用できるのか。さようなことをしただけで、辰治とやらは死罪になるのではないか。今しがた、身共がそやつの減刑を頼んだような言い草があったが、私は覚えてもおらぬ。さようなことを記した書類でもあるのか」

それは特例で、判例を残す例繰方にもないことを承知の上で、串部は言った。同席していた奉行の中には当然、記憶がある者はいたが、知らぬ存ぜぬを通されれば、明らかな証拠はない。

ギロリと一同を見廻した串部は、みんなが組んでいるなと察して、

「——どうやら、身共のことが邪魔な御仁が、巧みに作った罠のようですな……で、ござろう、ご老中？」

と阿部正弘を見やった。無能との評判の阿部のことを、串部は常々、批判していた。異国に対する生煮えのような態度は、一国を牽引する老中に相応しくないと考えていたのである。

「見苦しいぞ、串部……」

阿部がぽつりと言った途端、臨席している幕府重職連中は息を吹き返したように、串部を恫喝《どうかつ》した。

「控えろ！　ご老中に対して無礼であろう」

その文言をすぐに島津は引いて、

「かくなる上は、証人を呼びましょう。自ら進退を決めるくらい、もう少し潔い御仁と思うてましたが……残念ですな」

と下役人に頷くと、控えの間から、串部の息子、左馬之亮が入ってきた。

「！……おい。何の真似だ」

声をかける串部主計亮に、左馬之亮は俯いたまま、対峙《たいじ》するように座った。そこへ、すぐさま島津が声をかけた。

「辰治は、串部家に代々、仕える伴流の忍びに相違ありませぬな」

「は、はい……」

「草間はその頭領ですな」

「そうです。私の目の前で、父上が……斬りました。家中の者も見ております」

「ご自身のお父上の不利になることを、よくぞ話された」

褒める島津に、串部主計亮は苦笑を浮かべて、

「たとえ、そうだとして、自らの密偵を始末して、何が悪かろう。ここに居並ぶお歴々とて、過ちを犯した家臣を手打ちにするは、これ武門として当然ではないか」

「どのような過ちを？」

「うっ……それは、御家に関わる内密のこと故、言えぬ」

「訳も、ご子息は話された。辰治を始末し損ねたからでござろう。そして、その辰治が正直に船手与力に話した……それだけのことでござるぞ、串部殿」

　勝ち誇ったような顔になった島津に、串部主計亮は腰を浮かせて、

「ならば……睦美のことは如何《いかが》！　おぬしの抱えている〝くの一〟ではござらぬか!?　その密偵をして、この倅を骨抜きにし、はたまた辰治をも籠絡した」

「…………」

「危うく、船手の鮫島という同心までが、罠に落ちそうになったとか……島津殿。おぬしの狙いは、一体、何だ。身共を追い落として、どのような得があるのだ」

「損得の話ではござらぬ。そこもとの不正を暴いているのだッ」

　わずかに語気を強めて、

「命がけで島抜けをしてまで、串部殿の悪行を暴きたかった辰治の執念、思いに我々、評定所では重きを置きまする」

「そのことよ」

串部は刀を弾き返すような勢いで、島津に食らいついた。

「佐渡から、島抜けさせたのは、おぬしの手の者ではないのか。そして、身共を陥れるために利用した。違うか、島津！」

猛然と声を荒らげたとき、阿部がゆっくり立ち上がりながら、

「もうよい、串部主計亮」

と串部の前に立って、扇子でビシリと頭を打ちつけた。

「な、何をなさるッ。気でもおかしくなりましたか」

串部も立ち上がろうとすると、一瞬のうちに下役人たちが駆け寄って取り押さえた。

「往生際が悪いぞ、串部。息子の前でも示しがつくまい。素直に吐けば、御家断絶だけは許して、息子の職も解かずにおこうと思うておるのだがな」

「！……」

「おぬしが、長崎にて、エゲレスのさる商人と通じており、阿片を仕入れていたことは、もう分かっておる。それだけでも許し難きことだが、その商人を通じて、幕府の秘密を売り渡していたそうだな」

「な、なんですと⁉」

驚愕する串部主計亮に、三奉行と大目付、目付は厳しい目を向けていた。

「幕府の財務状況はもとより、幕府の兵の数、海防に当たる藩の兵や武器の様子、正確なこの国の地図、武器弾薬の種類、量、数……それらと引き替えに、万が一、幕府が転覆し、エゲレスの支配地になった時には、上様に成り代わって、この国の政事を預かる約束までもしていたそうだな」

「ば、ばかな……」

「証拠の文書も、その商人が差し出しておる。エゲレス軍の将校に手渡すはずのものだ」

「いや、それは……」

驚愕と狼狽が入り混じった串部主計亮は、全身に汗が噴き出してきて、喉を鳴らすだけで、何も返答をしなかった。

「お、お待ち下さい……私は、そのような大それたこと……考えたことなど、ありませぬ……徳川幕府があっての……」

「黙らっしゃい。身共のことを散々、無能呼ばわりしていた裏では、さような密約を交わそうとしていたか。愚か者め」

もう一度、阿部が扇子で打ちつけると、串部主計亮はぐっと我慢をしていたが、何がおかしいのか、肩を震わせて笑い出した。下役人たちは取り押さえたままだが、

「ふはは……わはは……雁首《がんくび》揃えて、何を腑《ふ》抜《ぬ》けたことを……」

と一同を見廻して、

「この中で、日本が蒸気船で押し寄せてくる異国と戦になっても勝てる……そう思っている奴は、そう言ってみろ！……どうだ。誰もおりはしまい！　私はこの国を憂えておるだけだ。この幕府とて、早晩、倒れてしまうであろう。異国に潰されるか、内戦で滅びるか知らぬが、いずえ消えてなくなる」

猛然と言う串部を、評定所役人たちは目を見開いて見ていた。

「消えてなくなるのを、疑っている奴はいるのか。おるまい！　みな承知しているのだ。やがて、この国はなくなると！　なのに、おまえたちは、何の手も打たず、

指をくわえて見ているだけではないかッ。だから、異国との戦をすべし！　と声を上げている身共のことが、水戸藩や長州藩などと連絡を取り合っている私のことが、邪魔になったのであろう！　阿部様！　ますます、見損なったぞ！」

ガッとした眼光で睨みつけた串部の顔は、まるで閻魔《えんま》大王か不動明王のようであった。だが、それ以上の言葉は許されず、喚き散らす串部は下役人たちに連れ去られた。

そして、わずか三日後に――江戸城中にて、切腹させられた。

だが……。

串部主計亮が死んだことによって、阿部はしばらく、老中の座を誰にも譲ることなく、相変わらず、のらりくらりと国難を顧みず、幕政を続けるのであった。

そんな情勢の中で、

「――まだ、何か裏があるな……串部主計亮様の処分は、いかにも早過ぎる……」

と薙左は感じていた。自分もまた、大きな力によって利用されただけではないか、という不安が頭をもたげてきていた。

第三話　憂国の鐘

一

嘉永六年（一八五三）のペリー来航以来、幕府は諸藩に江戸湾の警護を命じるとともに、江戸市中では武器弾薬の製造を急がせていた。しかし、財政逼迫《ひっぱく》の幕府は海防掛だけでは如何《いかん》ともしがたく、長州はもとより、薩摩《さつま》、佐賀、福岡などの〝開国派〟にまで協力を求めて、異国船を討つ体制を整えていた。

ペリー来航の直後には、長州藩の葛飾屋敷で大砲を造らせるために、鋳造所を設けさせた。佐久間象山のもとで完成した三十数門の大砲は、三浦半島に据えて、江戸湾の入り口を警護していた。

そこには、船手頭の安宅船なども出向いており、船手奉行も小ぶりの船ではあるが、万が一に備えて巡航していた。船手頭が海上自衛隊や海上保安庁ならば、船手奉行は内政に向けた水上警察のようなものだが、切迫した国難の折には、まさに〝猫の手〟も借りたかったのである。

二度にわたるペリー来航の折の老中首座は、阿部伊勢守正弘である。備後福山藩の藩主だが、弱冠二十七歳の時に、〝天保の改革〟で知られる、時の老中水野《みずの》忠邦《ただくに》を追い落として、老中首座になった。

安政二年の夏――阿部は、すでに三十七歳になっているが、他の幕閣らに比べれば、まだ少壮と言える年である。

にもかかわらず、巨大な外敵によって国が滅びるかどうかという〝大変〟に臨んで、つまらぬ幕府内の内紛にも巻き込まれて、かなりの神経を患っており、優柔不断な施策ばかりをするゆえ、幕閣らからも、

「一刻も早く、老中首座から退きなさいますように」

と詰め寄られることもあった。米国だけではなく、イギリス、ロシア、オランダなどとも不平等な和親条約を結んだがため、国内からも激しい突き上げがあったの

である。

それらの条約は、異国船への燃料、石炭、食糧の供給、難破船と乗組員の救助、総領事を下田に駐留させるなど、一方的なもので、日本にとって良きことは、何ひとつなかったのである。

開国なのか、攘夷なのか――。

どっちつかずの対応に終始する阿部正弘の態度には、もはや牽引力はない。日々、さらに広い範囲で開港を要求してくる西欧列国の脅威への対処は、鈍く遅かった。

そんな国難の中で、たかが〝抜け荷〟の罪で、勘定奉行の串部主計亮を弾劾《だんがい》したことに、非難する幕閣や大名も出てきた。清濁併せのむという人物の評価があった財政通の串部を切腹させたのは、混乱を増やしただけだとの批判が噴出したのである。

ましてや、町奉行であるためか、強固な攘夷論者でもあった島津丹波が、新たな者が決まるまで勘定奉行も兼任することを命じたのを、阿部の失策だとなじる者も多かった。

あまりにも雑音が多いから、阿部は執務室に籠もったまま、出てこないこともあった。それでは、さらに日々のやらねばならぬ施策の決断が遅れる。

日本という小国は、巨大な鯰《なまず》か蛇に飲み込まれる蛙のようなものだった。

ここ〝朱門〟の船手奉行所にも——。

幕府のお偉方の憂慮《ゆうりょ》が伝わってきており、明日がどうなるのか不安な日々が続いていた。たとえどうなろうとも、船手の連中は異国船と戦わねばならぬ運命にある。

その一方で、内乱が起こった場合には、それを鎮めねばならない。

船手奉行所もまた、曖昧で中途半端な命令に従わねばならなかったのである。

ましてや、串部左馬之亮が船手奉行として居座っている。阿部の意向もあって、父親の死をもって免罪とし、御家断絶にはせず、引き続き、奉行職をまっとうさせたのだ。

任命権者は阿部だから、誰も逆らうことはできなかったのだろうが、この人事は、万が一、異国と戦になった時に、真っ先に船手を〝先兵〟として出すためだ。その頭領役には、阿部の言うことをきく串部が必要だったのであろう。

先般の評定についても、

——もしかして、官吏としては有能な父親を追いやって、無能な息子を残すための罠だったのではないか。

　と幕府内では、誰ともなく噂をしていた。

「それで、一番、迷惑がかかるのは、我々だな……串部左馬之亮様が、お奉行であり続けることで」

　鮫島は皮肉を込めて、同心部屋の者たち誰とはなしに語ったが、みな共感したように頷いた。巡回に出ないで、待機しているのは、他に近藤、河本、内田らだが、

「あんな奉行では士気が下がる」

　と陰口を叩いていた。父親を〝売って〟まで、自分だけが助かったような人物を信頼することなんぞできぬ。信頼ができなければ、命令をされても素直に従うことも難しい。だから、誰かと早く代わって貰いたいというのが、本音だった。

「できれば、薙左がさっさと奉行になればよいのだ。入り婿したのだから、本当なら戸田薙左と名乗らねばならぬところ、早乙女の姓を戸田様が認めたばっかりに、旗本職にはまだなれぬ……とはいえ、このご時世だ。有能な者が上に立たねば、それこそ異国に攻められてきて、慌てふためくことになるな」

　そう言う鮫島の考えは正しかった。

夏の盛りはまだ先だが、今日も猛暑になりそうだ。

「去年の今頃は、あの騒動で大変だったな」

鮫島が手下の同心たちに振ると、小首を傾げる者が多かったが、近藤だけが、

「老中首座の阿部伊勢守様の、ご家臣のことですな？」

「ああ。見事、割腹して果てたあの……」

山岡八十郎《やまおかはちじゅうろう》のことである。福山藩の大目付や郡奉行、寺社奉行などを経て、安政元年の春に江戸にやってきた。ペリー艦隊が日本に来航して、大騒動が起こっている最中である。

阿部としては激動の世の転換を、腹心の部下に見せたかったのであろう。が、日米和親条約を締結した阿部に対して、山岡は断固、開国反対を訴えた。強硬な攘夷思想の持ち主だったからである。

しかし、直訴は認められなかった。憤慨した山岡は、反対の理由を縷々《るる》と書面にしたためた後、藩邸で自刃に及んだのである。

「あれは凄かった……さすがに阿部様も動揺したのか、本来ならば、勝手に切腹をした家臣に対しては御家断絶などの厳しい沙汰《さた》をするのだが、子息に御家だけは残

したらしいですな」

　近藤が言うと、河本が続けて、

「さよう。お陰で攘夷派は益々、過激になって、流言飛語もあって、江戸も偉い騒ぎになった。いずれ戦になるからと、鎧兜《よろいかぶと》や刀が何十両というバカげた値で飛ぶように売れたりな。この船手奉行所の船を盗んで、国外に逃げようとした輩もおりましたな」

「うむ。二百数十年の泰平の世に慣れてしまって、我々も油断をしていたのかもしれぬが、鋳物師や鍛冶の中には、武器を造るといって暴利を貪《むさぼ》っている輩もおる。人間とは、さもしいものだな」

「それにしても、これほどの国難なのに、肝心の老中首座の腰が落ち着いてないとは、なんとも情けない」

「ああ、これでは、我らとて腹を据えて戦うこともできぬな」

「それは、そうと……」

　内田が不思議そうに言葉を挟んで、

「かつての主君である串部主計亮様を切腹にまで追いやった辰治とかいう伴一族の

忍びは、どうなったのです。抜け荷に関わっていたと思われるが、お奉行同様に許されたのですかな」

　と誰にともなく問いかけると、鮫島がわずかだが不愉快な声で、

「睦美とふたりして、何処ぞへ消えた……おそらく、異国と戦でも始まれば、またぞろ忍びとして働く場所もあろうというものだ」

「そうでしょうか……」

「うむ……神田明神で、ふたりが並んで掌《て》を合わせている姿を、俺は見た……何処にでもいる夫婦連れのようだった……が、少し目を離した隙に、もう姿は消えていた」

　鮫島が少し無念そうに言った時、

「大変だ！　またぞろ、水車小屋が爆発したぞ！」

　という大声を上げながら、水主の弁吉が同心部屋に飛び込んできた。

「なに、まことか!?」

　鮫島と他の同心たちは、すぐさま立ち上がった。

　ペリー来航の直後、幕府は、湯島桜ノ馬場に鋳砲場を造って、大砲の製造に当た

っていた。釣り鐘を逆さにして御台場に据えるなどという、子供騙しは通じぬと分かっていたからだ。

大砲に欠かせないのは火薬である。幕府は自らも製造したが、各藩の江戸屋敷にも命じて火薬製造を始めたが、それまで米や麦を挽《ひ》いていた水車小屋を利用することになっていたのだ。

昨年、安政元年には、板橋宿の農民の水車小屋が爆発して十数人の死傷者が出たのをはじめとして、内藤新宿や品川宿の水車小屋が同様に爆破して、多くの犠牲者を生んだ。いずれも、水車の心棒が発火して火薬に移ったのが原因だと思われるが、そのような危険を強いてまで、幕府は火薬作りに躍起になっていたのだ。

和親条約を締結する一方で、いつでも戦をできるように大砲や火薬作りに精を出す幕府の方針で、犠牲になるのは何の罪もない庶民だった。

そして、また爆破が起こったというのだ。

「何処だ、弁吉！」

鮫島が険しい表情になった。

「成子坂下、淀橋の水車小屋です」

「なんだと!?　神田上水の〝お膝元〟ではないか!」

この水車小屋でも、幕府は嘉永六年の七月から、火薬作りをさせていたのである。

船手同心たちが一斉に〝朱門〟から飛び出してくると、目の前の江戸湾には、なぜか隅田川を下ってきた屋形船が何艘も、南風が吹く柔らかな日射しの中で、暢気そうに浮かんでいた。

二

世の中がおかしくなると、自然の草花も妙な塩梅《あんばい》になるのであろうか。今年は梅《つ》雨《ゆ》が短かったせいか、もう夏だというのに、季節外れの紫陽花《あじさい》が道端や路地に咲いており、中途半端な浅黄色で枯れているようにも見える。

だが、海風に揺れている花には目もくれずに——。

船手与力や同心の〝制服〟である白羽織白袴の薙左が、掘割を縫うように、ひらた船を漕いでいた。足下には大きな葛籠《つづら》がある。

雨が少なかったせいか、掘割は所々、船杭が迫るほど狭まっており、たまに舳先や船縁をぶつけていた。それでも、薙左は一心不乱にひたすら漕ぎ続けていた。

「危ないぞ、どけい！　ぶつかって壊れても知らぬぞ！」

漕ぐたびに、カンカンと鉦《かね》の鳴るような音がする。鳴り物のチャンチキである。ただただ、薙左の目は行く手を凝視して、掘割沿いの道の風景など入っていない。目の前の荷船を懸命に避けながら、何処へ行くのか、ひたすら漕いでいた。

本来ならば、水主の弁吉が船頭役で漕ぐところだが、船手の仲間を呼びにやらせたから、自ら漕いでいるのである。慣れている作業とはいえ、しばらく櫓《ろ》や櫂《かい》を手にしていなかったから、すぐに掌に肉刺《まめ》ができた。

日本橋川から神田川に繋がる水路を航行していて、懸樋《かけひ》の下あたりまで来ると、見落としそうな小さな稲荷神社があって、その先に進むと、ガガガッと船底が何かを擦《こす》った。雨が少なく水位が低くなっているのと、誰かが放置したままの腐った筏《いかだ》があったからだ。

「うわっ……まったくよう」

つんのめって、薙左は船から落ちそうになった。さらに船が傾いて、足下の葛籠が落ちそうになったので、薙左は必死に押さえ込んだ。慌てているせいで、思うように櫓が動かない。

「くそう……こんな時に！」

懸命に立ち上がって、先へ漕ぎ出した薙左は、改めて聳《そび》えるようなお茶の水の断崖に気づいて、鬱蒼とした森の中に這うような心持ちで進めた。

「まったく、どうなってやがるんだ」

自分に苛ついて悪態をついた薙左は、やがて見えてくる両岸を眺めながら、幾つかの橋を潜《くぐ》って、前方にようやく見えた淀橋の水車小屋を凝視しながら漕ぎ続けた。

間口十二間《けん》、奥行き六間程の水車小屋としては大きなものである。

その一角は、わずかに爆破したように板塀が壊れているようだが、水車は勢いよく廻っている。周辺には、数は少ないが人だかりができており、心配そうに見やっていた。

すでに町方役人は到着しているようで、北町奉行所・定町廻りの奥村慎吾と岡っ引の玉助の姿も見える。

「……なんで、こんな所で……」

薙左は辺りを見廻しながら、一枚の文を入れてある懐をパンと叩いた。

『金は淀橋水車に届けろ。昼九つまでに来なければ、子供もろとも爆破する』

とだけ達筆で墨書されていた。その筆跡はいずれ下手人の手がかりとなるであろう。下手人とは、殺しをした犯人のことだが、拐《かど》かしや騙りは人殺しよりも重い罪となる時もあるから、町方でも船手でも下手人と呼んでいる。

淀橋水車小屋の持ち主は、久兵衛《きゅうべえ》という町人である。ここでも、幕府の命令で火薬作りをさせられていたが、周辺の住人にとって危険であり、薬物が神田上水に洩れたりすれば、江戸市中の人々に悪い影響を与える。だから、久兵衛は、火薬作りの場所換えを、北町奉行の島津丹波に嘆願していたのだが、その矢先の事故だった。

数度の爆発が起こり、震動は物凄く、黒煙が舞い上がって、空が暗くなっていた。

この時の様子は後に、『武江年表』にも記されたほどである。

煙は、角筈村《つのはずむら》から本郷村、中野村の方まで広がり、沢山の人家が倒壊し、大木が悉《ことごと》く傾いた程だという。爆音は江戸市中のみならず、武蔵国《むさしのくに》一帯にも響き渡った程だった。

淀橋町内では、長さ十九間、幅六間余りが焼け広がった。町火消しが一斉に駆けつけてきて、消火に当たりながら人々を避難させ、怪我をした者たちには手当てを施していた。

「おのれ……！　刻限には間に合っているというのに、爆破しやがったか……許せぬ……許せぬ！」

この爆破が起こる、わずか一刻ほど前のことであった。

品川宿にある油問屋『和泉屋《いずみや》』を薙左が訪ねた時、突然、石に包んだ文が店に投げ込まれた。それには、

「竜太郎《りゅうたろう》を拐かした。身代金を千両出せ。町方には報せるな」

とだけ書かれてあった。

その日、ひとり息子の竜太郎は、朝、手習所に出かけたまま、まだ帰っていなかった。手習所に番頭の清兵衛《せいべえ》を使いにやったが、今日は来ていないとのことだった。

和泉屋の主人、つまり竜太郎の父親の総右衛門《そうえもん》は、お上に届け出ようとしたが、清兵衛は万が一のことを考えて、報せない方が得策だと話した。不穏なご時世だし、取り返しのつかないことは避けたいと思い直して、総右衛門は慎重にせざるを得なかった。

そして、さらに投げ文が、今度は裏庭に投げ込まれた。

「すぐさま淀橋の水車小屋に、千両を葛籠に入れて、そこにいる船手奉行所筆頭与力の早乙女薙左に運ばせろ。半刻後に現れなければ、息子の命はない」

と書かれてあった。

薙左は思わず、店の外に出て見廻した。この店に来たことを、何処かから見張っていて、しかも名指しで運び役をさせるとは、

——船手奉行所、もしくは薙左にも怨みがある奴の仕業《しわざ》かもしれぬ。

と思ったのだ。

「妙だ……」

今日、薙左が『和泉屋』に訪ねてきたのは、品川宿の船荷問屋を訪ねての帰り、ぶらりと立ち寄っただけのことだった。総右衛門とは前々から知り合いで、船手奉行所には格安で油を卸してくれていたのだ。

突然の事態に、薙左は何とかせねばと思ったが、千両の入った葛籠を抱えて、半刻の間に淀橋まで行くのは無理だと感じていた。ゆえに、すぐさま船を利用しようと考えて、今、訪ねたばかりの船荷問屋にだけは、事情を話して借りたのである。

「案ずるな……俺が名指しされたのだ……下手に町方に報せると、竜太郎の身が危

いから、とにかく……俺に任せろ」

と薙左は自ら申し出て、葛籠を抱えるや船に飛び乗って櫓を摑んだのだった。身代金の運び役を引き受けたからには、何がなんでも下手人を捕らえてみせると、心に誓っていた。

目の前の——。

猛然と火煙を噴いている水車小屋は、まだ爆発をするかもしれないから、町方役人や町火消しが必死に人避《ひとよ》けをしている。

水車小屋のすぐ近くの船着場に船を停め、階段の上を見上げた薙左に、奥村が驚いたような顔で声をかけた。

「船手の出番じゃないぞ」

「あ、いや……爆発に驚いてな……」

「そこも危ないから、離れてろ」

一緒にいる玉助も、危ない危ないと、何度も繰り返して、追っ払おうとしていた。

だが、薙左は船止めに舫綱を繋ぐと、そのまま階段を駆け上がって、ほとんど破壊されている水車小屋の中に入ろうとした。

「よせ、ばかたれッ」

と奥村が腕を摑んだ。薙左は必死の形相で、

「この中の者たちは、どうした」

「即死した者もふたりいるが、後は町医者の所に担ぎ込んだ。おそらく死人はまだ増えるかもしれぬな」

「子供はいなかったか」

「なに、子供？」

「ああ。まだ十歳くらいの男の子だ」

「おいおい。ここは幕府が管理している焔硝《えんしよう》小屋だ。火薬を作っている所だぞ。十歳のガキがいるわけがなかろう」

「ちゃんと探したか」

「探したも何も……梁《はり》や壁が落ちて、水車の石臼《いしうす》まで割れてるくらいだからな、それらの下敷きになっている者もいるようだが、この状況ではまだ探すことはできぬ」

たしかに目の前は、いくらか鎮火はしているとはいえ、奥村が言うとおり爆破す

る危険も残っているし、住人の避難が先であろう。このような危ない目に遭わせているのは幕府であるが、

――これは、竜太郎を拐かした奴がやらかしたことか。それとも、そいつらにとっても思いがけぬ事態になったのか……。

薙左が腕組みして考えていると、玉助がふいに近づいてきて、

「与力様……お仲間がいたんですかい？」

「え――？」

「ほら、あれを……」

と水路の方を指すと、薙左が乗ってきた船を、同じような白羽織白袴が漕いで何処かへ向かっている。その船には、葛籠に入れた千両が載っているのだ。

「ああ⁉」

思わず薙左は階段を駆け下りながら叫んだが、船はもう小さくなっている。

「まさか……これが狙いで、水車小屋を爆破したのか⁉　もし、そうだとしたら……許せぬ。断じて、許せぬ！」

薙左は地団駄を踏んだが、今はどうすることもできなかった。

三

翌日の朝である。

深川の木場の外れにある、これまた水車小屋から、目つきの鋭い遊び人風の男が出てくると、水で顔や体を洗った。背中には鮮やかな刺青《いれずみ》がある。熱い日射しに堪えられなかったのだろうか。辺り一面は殺風景な材木があるだけで、遊び人とは縁がなさそうだった。

なぜか嬉しそうに鼻歌を歌いながら、楽しそうに水浴びをしていた。

それを——。

遠目に見ていた鮫島の目がギラリと光った。

「愚か者めが……船手を舐《な》めるなよ」

そう呟いた時、近くの藪《やぶ》がガサガサと揺れた。振り返ると、薙左が腰を低くして近づいてきていた。

「おう。よくぞ見つけたな、サメさん」

「近藤たちが頑張ったからだ……だが、広瀬のやろうは、あさっての方に出っ払ってるみたいだがな」

鮫島は、昨日、弁吉から淀橋の水車小屋が爆発したと聞いて、他にも事故があるかもしれぬと思って、火薬を扱っている水車小屋を巡っていたところ、偶然、怪しげな奴を見かけたのである。

「たまさか……にしても、大手柄ですよ」

薙左がからかうように言うと、

「バカタレ。おまえがドジを踏んだからだろうが。上役の尻ぬぐいを、手下にさせるんじゃねえぞ」

口が悪いのは相変わらずである。

とはいえ、今般のことも、薙左が身代金を預かって運ぶ時、品川宿まで同行していた水主が薙左が走るのと並行して別の船で密《ひそ》かに尾行していたのだ。だから、逃げた船を追うことができたのである。

案の定、下手人は薙左から盗んだ川船で隅田川に引き返し、上流に行くと見せかけて、小名木川《おなぎがわ》の水門から大横川の方に戻って、深川の木場に辿《たど》り着いたのである。

「俺の目に狂いはなかった。感謝しろ」

「たまさかのことでしょ……まあ、金一封くらいは、お奉行が出すでしょう。ただし、人質と身代金を奪い返したらですがね」

今回の事件の事情については、鮫島もすでに知っていた。

「当たり前ではないか。『和泉屋』の倅が無事に帰ってくれれば、総右衛門からも褒美はたんまり、な……たまには、吉原にでも繰り出して、遊びまくるか。もっとも、おまえは女房殿と舅《しゅうと》が恐くて、同行できまいがな」

「まだふざけている時ではないと思いますがね」

「また、そんなことを言う。俺はおまえのガチガチの体と頭をほぐしてやってるだけだ。そんな悲痛な顔をしてたら、敵に気取《けど》られて、またぞろトンズラこかれるぞ」

「心遣いは有り難いですがね。慎重に頼みますよ。人の命がかかってるんだ」

「言わずもがなだ」

余計なことを言うなと鮫島が唇を歪めた時、水浴びをしていた男がふと川沿いの道を振り返った。

積み重なった材木の陰から、日除《ひよ》けの頭巾《ずきん》を被った女が歩いてきた。上品な加賀友禅の着物に彩り鮮やかな佐賀錦の袋帯を締めている。顔ははっきり見えないが、芸者のように左褄《ひだりづま》を取って妖艶《ようえん》な様子である。

「随分と遅かったじゃねえか」

男が声をかけると、辺りを窺《うかが》うように見てから頭巾を取った女の顔は、男好きのする器量で、崩し島田で揺れる髪飾りですら色っぽく見えた。ふたりは顔を見合わせると、邪気のない声で笑い合って、水車の傍らにある小屋に消えた。

「ほう……いい女じゃねえか。むしゃぶりつきたくなるな」

鮫島が言うと、薙左は険しい顔のままで、

「女が子供の拐かしに荷担するとは……なんとも痛ましいことだ」

「荷担？　違うな。俺の目には、主犯は女に見えたがな……これからお楽しみなのかもしれないが、ちょっくら覗き見をさせて貰うとするか、えへへ」

助平面《づら》丸出しで、鮫島は腰を屈《かが》めて水車小屋へ近づいていこうとしたが、他に人の気配を感じて、すぐに舞い戻った。

「誰かいるようですね」

薙左も感づいたようで、もしかしたら拐かしの仲間かもしれぬと思った。

半刻ばかりして――。

女が水車小屋から出てきた。少しはだけた着物の襟足を直しながら笑みを湛《たた》えて、

「じゃあね。また後でね……」

と手を振ると、川沿いの道の方へ歩き出した。

「やっぱり、覗いとくんだったな」

鮫島は悔しそうに言ったが、刺青を陽光に晒《さら》して名残《なごり》惜しそうにしている男とは正反対に、女の方は情交を交わしたことなどなかったような面持《おもも》ちだった。

「サメさん。俺は……」

薙左が女を尾け始めると、鮫島が手を摑んで、

「待てよ。女は俺の方が得意だぜ」

「いいから。サメさんはあの男を……証拠の葛籠を見つけたら、引っ張ってきて下さい。これは命令です」

「都合のいい時ばかり命令などとッ」

「シッ――」

と薙左は指を立てて、半ば強引に女を追いかけた。

——何処かで一度、会ったことがある。

最初に見た時から、そう感じていた。思い過ごしかもしれないが、人の顔を覚えるのは仕事柄、得意である。間違いであるはずはなかった。

隅田川の土手道まで出ると、頭巾の女は、船着場に待たせていた猪牙舟に乗り込んだ。船頭が恐縮したように頭を下げて、櫓を手にした時である。

「そうか……あいつだったか……」

薙左の脳裏に、一年程前のある光景が浮かんだ。

下谷広小路の茶店で、中年男に酌をしろと尻を触られたりして絡まれていた女がいた。昼間から、しかも酒を置いていない茶店での狼藉《ろうぜき》に、通りかかった薙左が咄嗟に助けようとしたのだが、女は凛然《りんぜん》とした態度で、

「それ以上、無理無体を通すなら、この場にて斬り捨てますぞ！　おふざけができないように、その右腕を使えなくしましょうかッ。そうなる前に立ち去りなさい！」

と強く言うと、中年男がさらに抱きつこうとしたので、懐刀を素早く抜いて次の瞬間には鞘に戻していた。相当な小太刀の腕前らしく、一瞬何が起こったか分から

なかったが、

「ひええぇ！」

と中年男が仰《の》け反ってもんどり打った。そして、指を切り落とされた手を見て、悲鳴を上げたのだった。

驚愕して見ていた他の客に、

「お騒がせ致しましたね。相済みません」

と女は財布から二両ばかり茶店の主人に手渡して、颯爽《さっそう》と立ち去ったのだ。男は他の娘たちにも、かなりの乱暴を働いていたから、自業自得と思えたが、その男勝りの女の態度に、しばし、薙左は佇《たたず》んだのだった。

「間違いない……あの時の女だ」

船着場の他の小舟の船頭に、船手奉行所与力であることを告げた。そして、借りた小舟で猪牙舟を追いかけながら、薙左はまた別の情景も思い浮かべた。

——他の所でも会った。

ような気がしたのである。これまた錯覚かもしれぬが、得体の知れぬ不安と期待が、胸の奥でふつふつと湧き上がってきた。

「そうか……柳橋のたしか……『花月《かげつ》』とかいう料理屋の女将……」

だったような気がする。戸田泰全に連れていって貰った店の女将だ。

——もしそうなら、御義父上《ちちうえ》にも登場願わねばならぬな。

そう思いながら、『花月』に先廻りして、客を装って二階の座敷で待っていると、どこで道草を食っていたのか、ぶらりと例の女が入ってきた。

この店では、必ず、女将が挨拶に来る。

「お初にお目にかかります」

三つ指をついて挨拶をした女将は、つい先程まで、あのような下賤な男と汚らしい水車小屋で情交をしていた女には見えなかった。高貴な女ほど、薄汚れた身分の低い男を求めるというが、目の前の女にもそういう男癖があるのかもしれぬと、薙左は思った。

懐手のまま、薙左は微笑みかけると、女将は頭を下げて、

「以前、どなたかとご一緒にいらっしゃいましたかしら？」

「ええ。船手奉行だった戸田泰全様と……」

今日は白羽織白袴ではなく、着流しであるが、薙左の顔を何となく覚えていた節

がある。だが、拐かしに関わっていながら、しかも薙左のことを名指しで、身代金を運ばせたかもしれぬ女だ。空惚けているのかと感じた。

　それでも、女将は何の表情も見せず、

「ああ、戸田様と……ええ、以前は時々、他の偉いお奉行様たちといらして下さいましたが、近頃はとんと……」

　もちろん、薙左も婿などとは語らず、船手与力とも語らず、さる藩邸の者で、近々やる寄合にこの店を選びたいので、下調べ代わりに立ち寄ったと話した。

「さようでございましたか。ぜひに、お使い下さいませ」

　女将は愛想のよい笑みを洩らしてから、先に運ばれていた銚子を一杯だけ注いで、薙左の顔をまじまじと見た。

「お名前をお聞かせ戴いてよろしいですか」

　薙左はほんの一瞬、答えに窮したが、

「加治周次郎《かじしゅうじろう》と申す者。今はまだ藩名は言えぬが、今後とも、よろしく頼みましたぞ」

　と以前、船手与力で、今は中川船番所に勤めている加治の名を、咄嗟に出した。

戸田を知っているならば、加治の名前も知っているかもしれぬ。まずかったかなと薙左は思ったが、後の祭りだった。

「さようですか、加治様……」

丁寧な態度ながら、どこか冷めた目つきの女将の名前を、今度は薙左の方が訊いた。

「すまぬ……前に訊いたかもしれぬが、失念したのでな」

「多津《たつ》と申します……辰年の女ですが、多い津と書きます。父が四国の多度津の出で、度を抜いただけなんですがね、うふふ」

「いい名ではないですか。多度津といえば、弘法大師とも縁が深い所だから、悪さができませぬな」

探るような目で、薙左が見つめると、多津は微笑み返して、

「ほとんど初対面なのに、どこか懐かしい感じがします。あなた様はきっと、立派なお侍で、気質も穏やかで、誰からも信頼されて、いい人生を歩んできたのでしょうね。ええ、全身から、そのような光が出ています」

「光、ですか……ならば、女将の方が観音様のような後光が射している」

「あら、嬉しいことを言って下さる」

薙左は多津の口元を見ながら、

「その艶ぼくろは、まさに男を惑わす観音様だ……女将を拝むために、かなりの数の男たちが言い寄ってくるのでしょうね」

水車小屋での情事を思い出させて、探りを入れようと思った薙左だが、多津はふふっと笑うだけで、

「口説《くど》いてらっしゃるのですか？　見たところ、旦那の方がお若い。私はこう見えて、もうすぐ四十なんですよ」

「ええ!?」

本気で薙左は驚いた。その反応を楽しむように、女将は妖《あや》しい笑みを洩らした。

四

品川宿の『和泉屋』に、息子の竜太郎が、ひょっこり帰ってきたのは、その日の昼下がりのことだった。

前夜、薙左は主人の総右衛門に、散々、なじられた。

「うちの子に何かあったら、どうしてくれるんだッ。大変なことになってしまった。こうなるなら、初めから江戸の町奉行様にお願いしておくのだった。息子に万が一のことがあったら、早乙女様であろうと、私は一生、怨みますよ」

同じ言葉を何度も繰り返し、北町奉行の島津丹波に報せた。それを受けて、島津は老中に報告をするとともに、

――薙左を解任すべし。

という趣意書を、船手奉行の串部左馬之亮に出したばかりであった。

竜太郎はどこにも怪我をしておらず、むしろ元気そうであった。ずっと案じていた総右衛門や番頭や手代らも、ほっと胸を撫で下ろしていたが、

「拐かした奴は、どんな男だった？」

との問いかけに、竜太郎は首を傾げて、

「え？　拐かしって？」

と訊き返した。

その竜太郎の顔を、店に詰めていた北町の奥村と玉助は、見るともなく見ていた。

「おまえを拐かした奴だよ。顔くらい見ただろう」

「私を……ですか」

竜太郎は本当に知らないと首を振ってから、

「申し訳ありません。実は私がゆうべ帰ってこなかったのは、銀兵衛《ぎんべえ》さんのうちに泊まったからなんです」

「な……なんだって⁉」

総右衛門は露骨に嫌な顔をした。

銀兵衛とは、『和泉屋』と言わば敵対している『因幡屋《いなば》』という、日本橋にある油問屋である。

日本橋と品川宿では、問屋仲間も違うし、商売敵というわけではないが、前々から不仲な同業者であった。総右衛門としては、何かと理由を付けて油の値上げばかりすることが、気に入らなかったのだ。

実は、他人にはあまり言っていないが、総右衛門の女房・お縞《しま》は、竜太郎を産んで一年もしないうちに離縁をして、銀兵衛と一緒になったのである。

しかし、竜太郎は何年か前に、ひょんなことから、お縞が産みの母親と知った。

母親恋しさのあまり、時々、『因幡屋』を訪ねていたらしいのだが、とうとう泊まるようになるまで親交を深めていたのだ。

「竜太郎……なんということをしてくれたのだ……あの『因幡屋』の奴はどうせ、おまえを手《て》懐《なず》けて、この『和泉屋』を乗っ取る気なのだ。うちは、品川宿にあるとはいえ、御公儀御用達という大看板がある。この店を手にすれば、奴はもっと大きな商売ができる」

母親とは死別したとずっと教えられていた竜太郎は、母親の情愛に飢えていた。そのせいで、寂しい思いをさせた、申し訳ないと総右衛門は詫《わ》びるように言った。

「——そんなに、父親の私が嫌いか……だから、母親のところに……あの銀兵衛という男は、油問屋仲間からも忌《い》み嫌われているような奴なのだ。なのに、選りに選って……」

女房を奪われた悔しさもあるのだろう。総右衛門は腹立たしげに、床を叩いた。

「違いますよ、お父様。銀兵衛さんは悪い人じゃない……」

「何をぬかすか、親に向かって！　おまえは父親の私より、そんな男の方を信じるのか。愚か者めが。良い人間が、人の女房にちょっかい出したりするものか」

「そうではなくて、お母様は、この店を出た後、茶店か何処かで働いていたところを、銀兵衛さんが見初《みそ》めたそうです。お母様も、本当は私を置いて行きたくなかったそうです」

「おまえは騙されてるのだ、それも分からぬのか、バカモノが！」

「そんなことはありません」

「だったら、おまえも出ていけ！　ここまで育てたのは誰だと思ってるんだ！」

「そうですか。ならば、母上の所に参ります。そうします！」

竜太郎は思い切ったように言うと、奥の部屋に逃げるように立ち去った。追おうとする総右衛門を番頭の清兵衛は、さりげなく止めて首を振った。

「大丈夫ですよ、旦那様。売り言葉に買い言葉……身代金を千両も出したのです……利口な子ですから、すぐに分かりますよ」

「済まぬな、清兵衛……倅には、ゆくゆく、おまえの娘と一緒にさせて、この店を継がせるつもりであったが、あれでは……」

「旦那様。大丈夫ですよ」

「大丈夫なものか」

「いいえ。竜太郎さんは、ただ母親が恋しい年頃なのです。決して、父親の恩を忘れたりしていませんよ」

　と慰めるように言った。それは自分の気持ちを治めるためでもあった。

「奥村の旦那……後は、すべて、お奉行所に任せます。一刻も早く、千両を盗んだ下手人を探して下さいまし」

　清兵衛は深々と頭を下げた。


　その日のうちに──。

　船手奉行所では、串部に呼びつけられた薙左が、意外な言葉に驚いていた。探索は北町奉行所に任せて打ち切るとのことだった。

「なんですと⁉　そんなバカな話はありますまい。この私が名指しで身代金を運ばされたのですよ。どうして今更……」

「されど、取引には失敗した。水車小屋が爆破されたのは、おぬしが刻限に遅れたからだという見方もある」

「違います。着いた時には、すでに……それに、船手には別に爆発したとの報せがあって、淀橋まで急いでいた。拐かしとは違う話で、それが、たまたま……」

「言い訳は見苦しいぞ、早乙女」

串部は無情な顔を向けた。この男は何故に、かような言い草ができるのか、神経を疑いたくなった。父親を死に追いやっておきながら、自分だけがのうのうと奉行の地位に居座っている。しかも、これまで何ひとつ自ら責任を取ったことがない。

このような人間に命令をされるのは、我慢強い薙左でも、さすがに頭にきていた。

「でも、拐かしの下手人は追い詰めているんです。しかも、それに関わっていると思われる女も、私が押さえております」

「女、とな?」

「柳橋の料理屋の女将が関わっている節があるのです。多津という女将です」

「多津……」

その名を聞いて、不審な目になったのは、串部の方だった。その顔の変化に気づいた薙左は、串部を凝視して、

「お奉行は、ご存じなのですか」

「いや……そういうわけではないが……」

曖昧に首を振ったが、薤左はあえてその場では追及しなかった。しかし、串部が何かを感じたことは確かだった。

「――とにかく……俺を名指しして、身代金を運ばせたのは、深川の水車小屋に潜んでいた男ではなく、多津という女将の方だと思います」

「なぜじゃ」

「勘としか言いようがありませんがね、まだ。でも、多津と会ってみて、そんな気がしました。それに、このままでは、千両は持ち逃げされます、むろん、今は、その男も女将も、うちの同心たちに張らせておりますが」

「だから余計なことはするな。後は、北町に任せると言ってるのだ。島津丹波様ならば、手際よく解決をするであろうし、何より、我らは町方ではない。身代金が狙いの拐かしという事件ではなく、海防や江戸湾、河川の守護こそが本分ではないか」

「――情けない奉行ですな」

「なんだと？」

「部下を信じられぬ奉行は最悪だし、奉行を信じられぬ我らも恥知らずかもしれませぬ。あなたのことは、御父上が切腹になった時に、同情などせずに、我らなりに断罪しておくべきでした」

薙左はきっぱりと言った。少し狼狽した串部に、

「ぬしゃ……この私を脅すのか……」

「もう、あなたのことを護ってくれる父親はおりませぬからな、お覚悟めされい」

「！……」

「まあ、それは、それとして……」

串部を凝視したまま、薙左は続けた。

「竜太郎は帰ってきたことですし、そもそも、誰も拐かしていないのだから、これは拐かし事件ではない。ただ、私が運んだ千両の金が盗まれた……というだけです」

「おまえの失策ではないか」

「そうです……竜太郎が『因幡屋』に行っている間に起こったことです。しかも、家にいないと知っていて、身代金を求めてきたのですから……実に奇妙な事件とは思いませぬか」

「…………」

どうでもよいという顔になった串部に、薙左ははっきりと言った。

「そうは思いませぬか？　今般の事件の裏には、何かがある……それを、町方なんぞに任せておいてよいのでしょうか」

「黙らっしゃい。余計な詮索をして、またぞろ私の立場を危うくするつもりか」

「お奉行……」

「息子が帰ってきたならば、身代金を渡したと思えばいい。金のことはよいと、総右衛門は言ったそうではないか。もはや、船手の事件ではない」

「分かりました。では……」

薙左は居ずまいを正すと、十手を串部に差し出し、丁寧に頭を下げると、

「しばらく、暇を貰います。私はこの数年、筆頭与力として、ろくに休みも戴いておりませぬゆえ、数日くらい、よろしいな」

「勝手なことを……」

「失礼」

問答無用とばかりに立ち上がると、背中を向けて立ち去った。下がる時に、上役

に尻を向けるとは無礼な振る舞いである。それをあえてやった薙左にはある覚悟があった。

——俺を名指しして、身代金を運ばせたのは、本当は誰か……。

何となく分かってきたからである。

五

再び、深川木場の水車小屋まで行った薙左は、そこで張り込んでいた鮫島に、もう引き上げてよいと伝えた。意外な命令に、鮫島は首を傾げたが、串部と何かあったなと察した。だが、薙左も意地になったように、

「いや……俺は数日、暇を貰って非番扱いだから、サメさんがやりたければ、勝手にやればよかろう」

「おい。おまえらしくないぞ」

「俺は、あの串部を潰す」

「なんと……ますます、おまえらしくない。もっとも俺とて、あんな奴は奉行とも

思ってないし、いつでも、ぶった斬る覚悟はあるが……何があったのだ」

「いや、別に……」

「それに、下手人はすぐそこにいるのだ。町方に手柄を渡すことはあるまい」

そんな話をしているところに、奥村と岡っ引の玉助が足早に来るのが見えた。

「早速、おでましか……この水車小屋のことは、俺たちしか知らないはずだが、手廻しが早過ぎないか」

薙左が首を傾げると、鮫島も頷いて、ふたりを見やった。相変わらず、がさつい た奥村と玉助ふたりの態度だが、何を思ったか、玉助が勢いよく駆け込もうとした途端、

――ドカン！

と火の手が上がって、水車小屋が燃え上がった。

「うわああ！」

危うく吹っ飛ばされそうになった玉助は、這いずりながら奥村にしがみついた。

薙左と鮫島も凝視した。明らかに只事ではない。

「なんだ⁉　また火薬か！」

駆け出そうとする鮫島を押さえて、薙左はしばらく様子を見ていると、半壊した水車小屋を覗いた奥村も驚愕の顔になった。そして、何やら怒鳴ると、玉助は「へい」と頷いて駆け出した。おそらく、奉行所へ向かったのであろうが、

——他にも何事かあったな。

そう察した薙左と鮫島は、ともに胸中に嫌な思いが広がって、水車小屋に近づいていった。辺りに潜んでいた船手の他の同心や捕方、水主たちも、息を合わせたように飛び出してきた。

「あんたら……こんな所で何をしてる」

驚いたように、奥村はふたりを振り返った。

「ずっと張ってたんだよ。『和泉屋』の息子拐かしの一件で、身代金運びをしたのは、この俺でね……せっかく下手人の居所をつきとめたのだが……」

薙左は経緯を話したが、奥村は訝しげな顔になって、

「張ってた……なら、これは、どういうことですかな」

と、ふたりに水車小屋の中を見せた。

そこには、火薬で吹き飛んで、目を見開いたまま仰向《あおむ》けに倒れている、血だらけ

の男がいた。

「――こ、これは……!?」

薙左と鮫島は驚愕の色を隠せなかった。

「こいつが、下手人なんですか、早乙女さんよ……」

鮫島も、その悲惨な情景を見て、思わず口を塞いだ。薙左の頭の中は混乱を極めていた。

――なぜ爆破したのか、事故なのか、誰かがこの男を狙って殺したのか。

色々なことが同時に巡った。

「あんたたち船手は、毎度のことながら、ややこしい事件を引っ張り出すが、今度こそ、お奉行所にきちんと対面して貰わなきゃならないようだな。ねえ、早乙女さん」

奥村は鋭い形相を向けるや、何か意味ありげな顔を近づけてきた。

すぐさま北町奉行所によって、男を検死した後、薙左と鮫島も、参考のためにと南茅場町の大番屋まで出向かされた。

事件のあらましを薙左は話したが、奥村は半ば信じつつも、すべては信じていな

かった。『和泉屋』に頼まれて身代金を運んだことは、総右衛門が証言したから認めたものの、

――薙左たちも仲間だったのではないか。

と奥村は疑ったのである。むろん、これは無謀な意見である。しかし、すべての可能性を疑ってかかるのが同心であるから、薙左と鮫島が不愉快になることを承知の上で、わざと言ってみたのだ。

それに、小屋に運ばれたはずの千両が入っている葛籠がないのだ。いつ、誰が、どうやって盗み出したのか。船手の同心たちが見ていた中で、どうやったのか、不可解なことが多過ぎるからだ。

「早乙女さんよ……あんたは品川宿の油問屋『和泉屋』には、たまたま立ち寄っただけだと言いましたよね。その時、拐かしの投げ文がきた。しかも、身代金の運び役は、あんただと名指しで……」

奥村が薙左に訊いた。

「そのとおりだ」

「投げ文をしたのは、早乙女さん自身で、すべて仕組んだことだとしたら」

「わざわざ、そんな七面倒くさいことをするものか」

「千両てのは大金だ。俺なら、やるかもしれねえな」

嫌味な目つきになって、奥村はまるで咎人に接するように、

「しかも、死んだ男が、あんたが漕いできた船を漕いでまで、深川木場の水車小屋に運んだはずなのに……千両がないのは、どういうことかな」

「それが、俺にも分からぬ」

薙左はあっさりとそう返したが、奥村は忌々《いまいま》しげに目を細めて、

「淀橋の水車小屋に、あんたが来たのも、今考えたら、どうも芝居がかってるような気もする……公然と、まるで他の者が盗んだように見せかけたんじゃねえか……俺はそう勘ぐりたくなるよ」

「俺たち船手が仕組んだ……とでも？」

「そういうことだ」

「ふざけるな、このやろうッ」

立ち上がって威嚇《いかく》したのは鮫島だった。

「奥村さんよ。あんた、少しは同心として骨がある奴かと思ったが、頭が悪いんだ

な」

「なんだと？」

「そんな七面倒臭いことをして、俺たちに何の得があるんだ。そもそも、こちとら損得で動いちゃいねえ。もし誰かが何かを仕組んだとしたら……それこそ、このゴマメ、いや早乙女さんを陥れるためだ。そう思わねえか」

「………」

「さしずめ俺は……北のお奉行様あたりが怪しいと睨んでいるがな」

黙りこくった奥村に、鮫島は滔々《とうとう》と続けた。

「早乙女さんが『花月』という料理屋の女将を調べてる間、こっちはずっと他の船手役人たちと木場の水車小屋を張ってたんだ」

「だが、葛籠はなく、あの男は爆死させられた」

「たしかに、水車小屋の裏手までは見えなかったが……」

「それが手抜きと言うのだ」

「いや。沖から船で見ていたが、怪しい者は誰ひとり近づかなかった」

「待て……」

　奥村は腕組みして唸ると、

「その女将ってのは？」

「唯一、水車小屋に訪ねてきた女だ。爆死した男とよろしくやってたんだ。なあ」

　鮫島が薙左に同意を求めると、奥村はその女に何かあると察して、

「それが、『花月』とやらの女将、か」

　余計なことを伝えたかなと、薙左は思ったが、この際、知り得たことは話しておいた方が北町の探索にとっても好都合であろうと判断した。だが、詳細はまだ話さなかった。

　――あの女将にはまだ謎がある。

　と薙左は感じていたからだ。この場は適当にあしらったが、いずれ殺された男の身元が判明すれば、町方でも多津のことは掴んで、裏を調べるであろう。奪った葛籠が消えたのだから尚更《なおさら》だ。薙左は、多津と男のことが気がかりで仕方がなかった。

　その時である。

　玉助が荒い息で飛び込んできて、

「水車小屋で、こ、殺された男の素性が……分かりやした」

と言ってから、土間の水瓶《みずがめ》から柄杓《ひしゃく》で水をがぶ飲みした。

「しっかりせい、玉助ッ」

「は、はい……男が持っていた道中手形やお守りなどから、本所横川に架かる法恩《ほうおん》寺橋《じばし》近くの長屋に住む、八左吉《やさきち》という桶職人でした」

「桶職人……」

「小さな桶から、風呂桶、棺桶まで造る腕前ですが、近頃は博打にはまって、ろくに仕事はしてなかったと、仕事仲間の話です」

「博打、か」

「よくある話ですが、あちこちで借金をしては踏み倒して、イザとなれば、背中の刺青で脅していたとか」

薙左は黙って聞いていたが、鮫島は鬼の首を取ったように、

「ほれみろ。俺たちは関わりない。八左吉とやらを洗ってみるしかなさそうだな。もっとも、船手奉行所も探索に手を貸すことにやぶさかではない。文字どおり乗りかかった船だ。どうする？」

「遠慮しておくよ」

奥村は無粋な顔で十手を向けると、

「早乙女さんよ……俺にはまだ釈然としていないことがある。おまえさん、『和泉屋』の倅の命がかかってたと承知していた割には、運び役としては油断していたとは思わないかい。あんたほどの人がよ」

「たしかに、甘かったことは認めるが、必死だったのだ……俺にも息子がいるからな。親の気持ちを考えると、いつもより冷静さに欠けて、動揺したのはたしかだ」

「………」

「和泉屋総右衛門に訊いてみれば分かる。幸い、子供は帰ってきた。だが、千両は行方知れず。後は、下手人を探し出すだけだ。仲間割れみたいなことをしている時ではないと、俺は思うがな」

「仲間割れ？　俺とあんたが仲間だってのか？」

奥村は鼻で笑って、

「もう俺の耳にも届いている。早乙女さん、あんたは今、暇を貰っているらしいな。だが、串部様の話だと、奉行に従わず勝手に探索しているだけだから、捨て置けとな」

「だったら、そうすればいい」

少し苛ついた声で、薙左は返した。これ以上、余計なことも言わなかった。奥村は、これまでも多くの罪人を追い詰めて、色々な手練手管で白状させてきた。だからこそ、薙左のような船手はじゃまくさかったのであろう。

「奥村さん……俺はただ人助けをしようとしただけのことだ。ま、息子の竜太郎は、拐かされてはいなかったのだから、千両を騙りで盗んだという事件になろうが、もちろん船手の仕事ではない。好きなようにやればいい。八左吉って男を洗えばいい話だ」

黙って聞いていた奥村は、板間にある箱火鉢の前に腰掛けて煙管に火をつけると、ゆっくりと吸い込んで、

「帰っていいですよ、早乙女様」

と長く胸に溜め込んだ煙を、ゆっくりと吐いた。

六

中川船番所まで迎えにきていた船に乗り込もうとした薙左と鮫島に、

「難儀が持ち上がっているようだな」

と背中から声がかかった。

「おう、カジスケ」

鮫島が懐かしそうに振り返ったが、加治周次郎は真剣なまなざしで、

「ふたりとも元気そうで何よりだ。去年から続いている水車小屋の事故や火事には、船番所としても心配しておった」

加治はかつて、船手奉行所筆頭与力として、薙左を指導教育してくれた、武士の鑑のような男だった。当時、奉行だった戸田からも厚い信任があった。今は、江戸で唯一の川船の関所である中川船番所で、筆頭与力として勤めている。不穏な世の中になって、密航や密貿易が増えたので、その職務も多岐にわたっていた。

薙左は事件のあらましを説明してから、今般の拐かしの一件については、仲間がいると思われるから、川船番でも怪しい者を見つけしだい報せて欲しいと頼んでいた。

「それにしても……船手奉行の串部様の評判はよくないな」

当然、加治の耳にも入っているから、その悪い噂が気がかりだったらしく、このままでは海防や河川保全などについても、不安が広がると憂慮していた。

そんな中で、自らの保身や幕府内の揉め事のために右往左往している幕閣など重職連中の態度には目も当てられないと、加治も気にしていた。だが、すさまじきものは宮仕えではないが、薙左たち与力や同心という下級役人には、如何ともしがたい苛立ちだけが残っていた。

「それにしても……此度の一件については、不思議なことが多いのです」

自分が名指しされて身代金を運んだことや、下手人らしき男が爆死したこと、そして、『花月』という料理屋の女将が関わっているらしいことなどを伝えた。すると、加治はエッと驚いて、

「多津さんが関わっていると?」

「ご存じなんですか」

「おまえも一、二度、訪ねたことがあろう、戸田様に従って」

「ええ。そのことは覚えてます。それで、私も引っかかっていて……密かに探索するつもりで、咄嗟に加治さんの名を偽名に使ったが……相手に感づかれたでしょう

かね」

「さあ、俺の名まで覚えているかどうかは知らぬが、その多津さんのことならば、戸田様に訊けばよく分かるのではないか」

「戸田様に……？」

鮫島もなんだか釈然としない表情で、

「これは、薙左。きちんと話してみた方がよいのではないか？」

「うむ……」

「それに、俺はな、カジスケ……北町の連中は、逆に俺たちに罠を仕掛けたような気がするんだ。たっぷり泳がせて、本当の下手人を探そうって魂胆だ」

それには薙左が返した。

「無駄であろう。俺たちは、本当に何も関わりないのだからな」

「だが、おまえが何やら探っていることは、奥村なら見抜いているはずだ。またぞろ、てめえたちが手柄を横取りするつもりだろうよ。もっとも、おまえは手柄なんぞ気にしてないだろうが……」

「だとしたら、奥村は見当違いも甚《はなは》だしい」

そう言いながらも、薙左は、

――もしかすると、北町奉行の島津丹波が、本気で船手奉行所を潰そうとしているのかもしれない。

と感じていた。町奉行所には、実質は動いていないが、船手方もある。そこの権限を増やして、今後の異国船との揉め事などを見据えて、島津丹波は江戸湾を掌握したいのかもしれないと、薙左は考えた。

「さて、ここは思案どころだ。どうする、薙左」

加治が訊くと、しかと頷いた薙左は笑顔を返した。

「俺は俺で、続けて探索します。もっときちんと取り組んでいたら、八左吉って奴は殺されずに済んだかもしれない……いや、まだ町方では殺しか事故か分からないから、その両面から調べているだろうが、あれは殺しに違いないでしょう」

「おまえらしいな。ならば、俺も力を貸す。いつでも言ってくれ」

ポンと肩を叩いた加治に、薙左は有り難く礼を言った。

「まったく、しょうがねえな……ならば、俺は真っ向勝負で行くぜ」

と苦笑を浮かべて迎えの船に飛び乗った鮫島は、自ら漕いで隅田川の方へ向かった。

　薙左は黙って見送っていたが、本人もすぐさま、再び多津を訪ねてみるべきだと思って、踵を返すのだった。


　その夜、月は妙に蒼《あお》く光っており、犬の遠吠えがあちこちでしていた。不吉という程ではないが、人心を惑わすような、なんとも落ち着かぬ月夜だった。

　薙左が柳橋の『花月』の暖簾をくぐったとき、多津はしとやかな笑みで、客を見送りに出てくるところだった。

　目と目が合って、多津は少し驚いたような顔で、

「おや……いらっしゃいまし」

　と女中と下足番に声をかけて、薙左を二階の部屋に案内させた。客を見送ってからすぐに、多津は薙左の座敷に挨拶に来た。

「連日、ありがとうございます」

　障子越しの月明かりに浮かんだ多津の瞳が、わずかに訝しげに揺れていたが、女中を下がらせてから、

「どうやら、食事をしにきたんじゃないようですねえ」

「女将の顔が見たくてね」

「そうじゃないでしょ。旦那がお役人だってことは、最初に会った時から、察しておりましたよ」

「なら、話が早い。ここは自分の店ではなくて、女将は雇われているらしいが、何処に住んでいるんだい？」

「おや、唐突ですねえ……ろくに知りもしない人に教えたりしませんよ……では、ごゆっくり、私は先に上がらせていただきますので」

「ならば、送っていこう」

「恥ずかし気もなく……困りましたねえ」

「御用だと言ったら、つきあってくれるかい。本当は、加治周次郎って名に覚えがあるんじゃないかい？」

「さあ……」

　ほんの一瞬、多津の瞳が揺れた。だが、すぐに取り繕うように微笑んで、

「では、若い女中がお相手いたしますので、ごゆっくりしていって下さいまし」

丁寧に深々と礼をすると、女将は外へ出ていった。ふうっと溜息をついた薙左は、女中が運んできたばかりの燗酒《かんざけ》を、ひとくちだけ口に含んだ。

柳橋から両国橋西詰はすぐである。そこから、東へ渡って、竪川をまっすぐ進み、小名木川の方へ曲がった所で、多津はつと立ち止まって振り返った。

誰もいない——だが、生ぬるい風に揺れる柳が不気味に見えた。

さらに先に進むと、ふいに目の前に人影が現れたので、ドキリと多津は立ち止まった。悲鳴を洩らす程ではないが、懐刀に手を当てて、毅然と身構えた。

「いつぞや、下谷の茶店で見たことがあるよ。あなたの鮮やかな小太刀捌きをね」

声があって、月明かりに浮かんだ顔は、薙左であった。

「あんたも、しつこいねえ……」

多津は迷惑そうに眉間に皺を寄せたが、

「女がひとりじゃ心配でね。しかも、この先には、この前、木場の水車小屋で爆死した八左吉の長屋がある……自分の棺桶は造ってなかったようだがな」

「……誰の話です？」

さりげなく桶職人の八左吉の名を出したが、多津はまったく素知らぬ顔で、薙左

を避けるように通って先へ進んだ。黙って歩き続けるのを、薙左は尾けながら、

「木場の水車小屋に来て、八左吉と仲良くしていたところを、俺は見てたんだ」

「…………」

「中で何をしていたかまでは、見なかったがね。覗きの趣向はないのでな。しかし、出てきたあんたの様子から見れば……分かろうってものだ。それに、八左吉の方は、随分とあんたにご執心のようで、いつまでも名残惜しそうに見送っていたがな」

「そうですか……」

水車小屋に出向いたことを、多津は否定しなかった。

「もう気づいてるだろうから、先に名乗っておくが、俺は船手奉行所筆頭与力の早乙女薙左という者だ。かつて、戸田様は俺の上役で、今は俺の義父となっている」

「…………」

「あんたは、八左吉に命じて拐かしをさせ、千両を手にした……と俺は睨んでいる」

「おやまあ、恐いこと」

すっ惚ける多津に、薙左は淡々と続けた。

「今、言ったとおり、俺の義父は、あんたも知っている戸田泰全だ……話を色々と聞いてきたが……驚いたよ。あんたは、日本橋の油問屋『因幡屋』の後添えなんだってな」

「…………」

「つまりは、竜太郎の産みの母親だ」

横を向いた多津に、畳みかけるように薙左は続けた。

「あんたは予め、竜太郎を父親の総右衛門には黙って呼び出し、一晩『因幡屋』に泊めておいて、その間に八左吉を使って、拐かし事件を装い、金を奪った」

「…………」

「八左吉が端《はな》から仲間なのか、あんたが色香で騙して使っただけなのかは知らぬがな……どうなんだい。産んだ子の身代金を、まんまとせしめた気分は」

「何の話ですか、まったく……」

「分からないのは、なくなった葛籠だよ。あの見張りの中で、どうやって持ち出したんだろうな。千両はかなりの重さだ」

じっと見据えた薙左に、多津はにこりと微笑んで、

「この辺りで失礼しますよ、早乙女さんとやら……では」

近くの路地に入った。その先には、公儀が管理している御材木置き場があるだけで、行き止まりのはずだ。

「女狐《めぎつね》さん……その先は、ナントカ稲荷があるだけだ。男狐でも騙しにいくのかね。明日また訪ねていくから、さらわれないように気をつけなさいよ」

薙左は立ち去るふりをして、近くの船小屋の陰から見張っていると、多津はすぐに戻ってきた。薙左がいないのを確認するように見廻すと、大横川沿いにある古い長屋に来ると、奥の部屋に向かった。

木戸口の陰から見ていた薙左からは、はっきりと見えないが、戸を開けて、月光に浮かんだのは男で、紺色の羽織姿だった。

ふたりは、しばらく何か小声で話していたようだが、多津の方が少し乱暴に相手の胸を押しやって、スタスタと木戸口の方に戻ってきた。

——八左吉とは別の男がいたのか……。

と思って見ていると、さらに月光が当たって、男の顔がくっきりと見えた。

「まさか……あれは……!?」

薙左は思わず声が出そうになった。多津の前にいる男は、品川宿の『和泉屋』の番頭・清兵衛だったのだ。

「どういうことだ……」

頭の中が混乱した薙左が、しばらく様子を見ていると、多津はそのまま立ち去り、少し時を置いて、清兵衛が長屋から出てきた。そして、何処へ向かうのか、夜道を歩き始めると、薙左とは別に、尾行する人影があった。黒っぽい着流しの浪人のようだった。

「なんだか、怪しい雲行きが……いや、今宵はよい月夜だ」

薙左は気取られぬよう、後を追った。

七

翌日の昼下がり。

多津が『花月』に顔を見せた時には、すでに薙左は二階の座敷で、昼餉《ひるげ》を取りながら軽く一杯やっていた。形式だけで、挨拶に来た多津に、

「昨夜は、何処へ消えたかと思った……もう二度と、会えないかと思ったよ」

「おや、どうしてです」

「なんとなくだ」

「旦那は何を調べているのか知りませんけれど、私には疚しいところはありませんから、こうして、いつものように働かせていただいております」

「そうかい。そりゃ、いい心がけだ」

薙左は杯を傾けたが、多津は迷惑そうな顔になって、

「それにしても、しつこいねえ……」

「今日は、きちんと俺と向き合って貰うよ」

「なんだか知らないけれど、今朝は『花月』や『因幡屋』にまで、北町の旦那も来ましてねえ……まったく、とんだ迷惑ですよ。何もしていないのに」

「まあ、いいから」

と言うなり手を取って立ち上がった薙左に、多津は戸惑いを隠しきれず、

「いきなりなんだい」

「竜太郎のことなら、少しくらい、つきあってくれてもいいんじゃないかい？」

「……冗談じゃありませんよ。何の真似ですか」

　薙左が多津の手を引いて表通りに出ると、厳しい陽光が照っている。じっとしていても汗が出るほどだが、薙左は多津に抱きつくようにして、日本橋の方へ歩き始めた。

「ちょいと……いい加減にしておくれな」

　と多津が声を強めようとした時、掘割に架かる小さな石橋の上で、竜太郎が佇んでいた。そこから、笹舟を投げ落として、川に流している。家で作ってきたのか、飽きずに放り投げている。

　うまく流れに乗るものもあれば、ひっくり返ったり、水草にひっかかったりするものもあった。それを繰り返している竜太郎を、多津は遠目に眺めながら、

「——なんですか……」

　と呟いた。

　きらきらと川面《かわも》が輝いて、ほんの一瞬、涼が取れるような風が吹いてきた。

「…………」

　美しいうなじにほつれた髪を撫で上げながら、多津は呟いた。

「竜太郎……早乙女さん……一体、どういうつもりですか」

「あの子はね、毎朝、誰もいねえあの橋の上で、ああやって小さい頃から、遊んでいたらしいんだ」

「え？」

「朝日が出る前の、ほんの短いひとときの楽しみだったらしい」

「…………」

「母親は自分を捨てて、何処かへ行った。まだ赤ん坊の頃だから、覚えてないだろうが、あの子は、ずっと胸の中で、おっ母さんの顔を思い浮かべては、ああして笹舟をどっさりと流していたらしい」

「笹舟を……」

「誰に聞いたか知らないが、ああやって笹舟を流していると、いつかは母親に届いて、迎えにきてくれる。そう思っていたそうだ」

「…………」

「まさか、こんな近くに母親がいるとは思わなかったようだが……あんたは、一度は捨てた息子だし、総右衛門は絶対にあなたに会わせようとしなかったから、色々とお互い嫌な思いをしたようだが、会うようになれば、何でもないことだ。ただ、子供の竜太郎の方は、どういう気持ちか分からないけどな」

「…………」

「母親が本当はどんな事情で、自分を捨てたか……竜太郎は知りたくなったようだ。何か深い訳があったに違いない。だから、それが何だったか知りたい……」

　薙左はじっと多津を見つめて、

「竜太郎は、それを知るために、今度の拐かしに加担したんじゃないかと……そう思える節があるんだよ」

「な、なんです……!?」

「あなたの本当の気持ち、そして、父親である総右衛門の本音……竜太郎にはもう大人の気持ちも半分はあるんだよ」

　そう言った薙左の目と、多津の目がぶつかったが、微笑んだだけだった。多津には、一体、何を言いたいのか、さっぱり理解できなかった。

「どうしてなんですか、早乙女様」

「え？」

「なんで、私たちに構おうとするんです。親切ごかしで、一体、私に何を話させたいのですか……」

「俺は、総右衛門のことも、あんたのことももどうでもいい……あの竜太郎の心の中にある滓《かす》を流してやりたいと思うんだ。笹舟ではなくて、あの子の心の中の厄介なものを」

多津は困惑したように、薙左の顔を覗き込んだ。

「──何が言いたいんですか」

薙左はそれには答えず、優しい声で囁くように、

「俺には今、小さな息子がいる。そろそろ、自分の思いを主張するようになった。でも、俺は竜太郎と同じように母親はおらず、真面目で厳しい父親に育てられた。けれど、その父親も私がまだ一人前になる前にいなくなった……同じく船手の役人だった」

「…………」

「だから、少しは分かるんだ、竜太郎の気持ちが……」

「そうですか……でも、なんで」

半ば怒ったように答えた多津に、それでも薙左は優しい声で、

「親の都合で、子供の人生を狂わせてはいけないと思うのだがな……このままでは、もう一度、竜太郎の人生が弄ばれることになる。最初は捨てられ、今度は……さあ、どうなると思う？　あんたしだいだと、思わないか」

「で、ですから……あなたは、何を言いたいのです……」

頭がおかしいのかと言いたげな目で、多津は見たが、薙左の真顔は変わらなかった。

「『和泉屋』の番頭・清兵衛とは、どういう関わりなんだね。あの長屋は、ふたりが密会するために借りてるのかい」

「——あなた、やっぱり……尾けていたんですね」

急にふて腐れたようになった多津に、薙左は優しい声ではあるが、詰め寄った。

「清兵衛は、他の誰かに尾けられていた節がある。俺の配下の同心の調べでは……なんと『和泉屋』が雇っていた用心棒だった。どういう意味か分かるかい」

「わ、分かりません……」

「総右衛門は、清兵衛とあなたとの間の、なんらかの関わりを知って、事と次第で

は斬ろうとしていたのじゃないかな」

「何のために、そんな……」

「清兵衛とはどんな関わりなのか、正直に話してくれないか」

「…………」

「だったら、八左吉とは、どうなのだ？」

この名前は、昨夜も送ると言いながら、薙左が出した。多津は驚きを懸命に隠していたが、薙左は迫るように、

「八左吉が死んだことは、あんただって知ってるはずだ」

「…………」

「爆死だが、殺されたんだ。拐かしの仲間にな」

「!?……こ、殺された……てっきり、火薬の不始末で死んだと……」

惚けている様子はない。殺しであるかどうかということは、多津は本当にまだ知らないようだった。

「どういう関わりなんだ……今朝方、北町の奥村からも聞いただろうが……八左吉は『和泉屋』の息子を人質に、葛籠を脅し取った男だ」

「………」

「俺はあんたが裏で糸を引いていたと思ったが、どうやら、それも違うようだ……何しろ、俺は、拐かしの下手人に名指しされて、葛籠を船で運んだのだからな」

「………」

「どうして、この俺に運ばせたか……下手人の狙いも、何となく分かってきたよ」

じっと見据える薙左の顔を、多津は悔しそうな、それでいて諦《あきら》めたような目つきで見た。だが、余計なことは絶対に言わぬとばかりに、じっと黙っていた。

「だが、俺には未だに、すっきりしないことがあるんだ」

薙左は石橋の上の竜太郎を、遠目に見ながら、

「拐かしがあった時、丁度、竜太郎が『因幡屋』の銀兵衛の所へ行っていたということだ。おまえさんと会っていたとのことだが、やはり、あんたが仕組んだことなのかい？」

「………」

「総右衛門には、拐かしに見せかけて、その間に身代金をせしめる。そして、あんたと『和泉屋』の番頭の清兵衛が会っていたのを見た時……まだ裏がある。あの場

を見れば、誰だって、そう思うだろう」

　いたたまれなくなったように、多津は顔を背けたが、薙左は続けた。

「あんたも狙われている……そうに違いないと感じた。なぜなら、八左吉を爆死させたのは『和泉屋』の用心棒だったからだ」

「え、ええ……!?」

「浪人者の素性なんざ、すぐに分かる。俺たち船手には、縄張りがないからな。何処でも誰でも捕縛できるように、江戸に流れてきた怪しい浪人や遊び人のことは調べて、奉行所に書き残しているんだ」

　驚きを隠しきれない多津だが、キッと口を結んだままだった。

「つまり……総右衛門が八左吉を殺せと用心棒に命じたのだ。俺たち船手には、後は北町に任せるからと言いながら、八左吉を殺していたのだ。そして、葛籠は奪い返した」

　薙左はそう言うと、改めて多津を見つめ、

「今なら、まだ引き返せる。竜太郎は、心の奥で、あんたのことを疑ってる」

「！……」

「だって、拐かしの事件は、竜太郎が『因幡屋』にいた時に起こったことだからな。息子はもう十歳……利口だぜ」

「ですから……何の話をしてるか、私にはさっぱり分かりませんよ」

多津は向き直って、睨みつけた。

「私は何も知らない……拐かしなんか、関わりない……」

多津は竜太郎をちらりと見てから背を向けると、路地に飛び込むように立ち去った。

「もう、ほっといて下さいな」

多津はそう言いながら、振り返りもせずに急ぎ足で逃げるように駆け出した。

八

品川宿では――広瀬が旅籠《はたご》の二階から、『和泉屋』を見張っていた。特に変わった様子はなく、不審な者たちの出入りもない。
階段を駆け登ってくる足音に、広瀬はドキッと振り返った。

「な、なんだ……早乙女さんでしたか」

「情けない顔だな。誰かが斬りにきたとでも思ったか」

「あ、いえ……」

「何か変わった様子はないか」

「特にありません……」

と広瀬が言いかけたところへ、隣室の襖が開いて鮫島が顔を出した。広瀬を一瞥《いちべつ》した鮫島は、まったく使い物にならないなというような顔で、

「おい。てめえは何処に目をつけてるんだ。もっと真面目にやれ」

鮫島の言葉に、広瀬は押し黙った。別に手抜きをしているわけではないが、たしかに広瀬はうたた寝をしていた時もある。不満の溜息を洩らしながら、もう一度、張り込んでいた時に検分したことを、丁寧に話させた。

「薙左……こいつの言うとおり、変わったことはないが、用心棒の姿が見えない……もしかしたら、何処かで、あの色っぽい女将は殺されてるかもしれぬな」

薙左の胸の中で不安が広がった。

「そう思う根拠は」

「だから、用心棒の姿が店に見あたらないからだよ」

ふうっと溜息をついて、薙左は来たばかりだが、階段を戻ろうとした。

「薙左。何をするつもりだ」

「決まっているだろう。多津の行方を探すだけだ」

「無駄だな……それに、俺たちがやることではないと思うが」

「船手ではない。俺がやるんだ」

「そうか。だったら、こっちも退散する。あんな女のために、大事な他の務めを犠牲にはできぬからな」

「あんな女？」

捨て鉢な言い草の鮫島の声に、薙左は足を止めて振り返った。

「あんな女って、サメさんは多津のことを知ってるのかい？」

「まあな」

「多津は、その『和泉屋』のひとり息子の竜太郎の……」

「言うまでもなかろう。総右衛門のもとを去ったのは、総右衛門が金儲けのことばかり考えている人でなしだと分かったからだとか。そして、息子を置き去りにしたことを悔いて、色々な子供を預かっている養生所などを訪ねては、人知れず恵んでいたそうだな」

「知っていたんですか」

薙左は鮫島に向き直ると、多津は『因幡屋』の主人に話して、施しをしていたという、これまでの業績を述べた。『因幡屋』の主人の銀兵衛は、随分と因業な奴だとの評判だが、実は、貧しい者や病の者を助けるために、金のあるものから吸い上げているというのが、本当の姿だったのだ。

「サメさん……その多津を助けることが、拐かしの真相も暴くことに繋がると思う。むろん、俺は……残念ながら、拐かしを仕組んだのは、やはり多津だと睨んでる」

「うむ……」

「だが、八左吉を爆死させたのは『和泉屋』の主人がしたことだ」

そう断言して、階段を駆け降りた薙左は、そのまま『和泉屋』へ入って行った。

「おや、早乙女様……」

帳場の方から、総右衛門が声をかけてきたが、薙左は店内を見廻しながら、

「番頭の清兵衛さんは？」

「それが……体の調子が悪くてね、しばらく休みたいと……暇を取らせました」

「辞めさせたってことかい」

　薙左は、もう一度、店内を眺めてから、

「だったら、総右衛門さん。あんたでいいや」

「私でいい？」

「先日の、拐かしのことだ」

「その一件なら、北町の奥村様が……」

「ろくに調べてないな。子供が帰ってきたから、もういいと判断したんだろうが
……八左吉が殺された方は、どうなったのかな」

「はあ？」

「八左吉だよ、桶屋の……こいつは、多津の用心棒だったらしいがな。使い捨てに
されて哀れなものだな」

「一体、旦那は、何の話を？」

　総右衛門は首を傾げて惚けたが、密かに千両を取り戻している話をした途端、目
つきが変わった。

「驚いたことに……これまで、色々な所で、火薬の爆破が起こったが……実は、お宅の油と混じってのことらしいな。すでに二十人以上の犠牲者が出ているが、そのことで……番頭の清兵衛さんは苦しんでいたとか」

責める口調になる薙左に、総右衛門は頷いて、

「たしかに、うちの油を火薬に混ぜて、破壊力を増すということは、ご公儀の意向によって、やっていたことです」

ご公儀の意向という言葉を強調した。総右衛門は自分は悪くないと言いたいのだ。

「ですが、清兵衛は糞真面目な男ですからねえ、しかも責任感も強い。だから、責任を感じて……ええ、本当は自分から、店を辞めると言ったのです」

「総右衛門……おまえには店主としての責任はないと？」

「いえ、もちろん痛切に感じております。ですから、御公儀に成り代わって、弁償をしたこともありますよ。おや、ご存じなかったのですか、早乙女様ともあろうお方が」

「舐めるなよ」

薙左が乱暴な口調になると、総右衛門はわずかだが訝しんで硬直した。

「爆発しやすくなるのを承知で、次々と配合を変えて、売っているではないか」

「売っている……？」

「ああ。おまえは、『因幡屋』のことを、ごうつく張りの金儲けばかり考えてる輩だと非難していたが、おまえはそれに加えて、危ないものを売りつけていたのだ。しかも、高くな」

「はて、なんの……」

「惚けても無駄だ。こっちは、とうに調べてるンだよ！」

　薙左はハッタリで言ったのだが、総右衛門は卒倒しそうなくらいに驚いた。むろん、薙左の話も根拠のないことではない。船手でも『和泉屋』の油は使っていたから、硝煙や油に詳しい者に、詳細に調べさせていたのだ。

「油の混じった火薬は、公儀が高く買い占めようとした。それで、爆破力の強いものを作るために、水車小屋では試し試し作られていた……だから、おまえは調子に乗って、できるだけ高く売った……人が死のうと知ったことじゃないとばかりにな」

「ばかな。うちのは、まったく危なくありません」

「なあ、総右衛門……あれから色々と考えてみたんだ。なぜ、八左吉が殺されたか。そして、なぜ多津まで、その動きを探られていたか」

じっと睨みつける薙左の目を、総右衛門はまともに見ることができなかった。

「八左吉を殺したのは、ここの用心棒……まあ、油入りの火薬を予め仕込んでおけば、簡単なことだ……うちの同心が見張っていた時には、もう仕組まれてあったんだ」

「だから、何の話をしてるのです」

構わず、薙左は続けた。

「多津は、竜太郎を預かってから、あんたに対して、八左吉を使って身代金騒ぎを起こした。その千両は、爆死した人の親兄弟や妻子への補償金のつもりだったのだろう。あんたは偉そうに補償したと言ったが、雀《すずめ》の涙だ」

「…………」

「どうなんだ！　あんたは、拐かしが起こった時、多津の仕業だと気づいた……同時に、清兵衛も気づいた」

「…………」

「おまえは知らぬことだから教えてやるが……いや、本当は知っているだろうが……清兵衛は、ある長屋に部屋を借りていた……それは実は、おまえに黙って、竜太郎と多津を会わせてやるためだったのだ……『因幡屋』の主人の銀兵衛にも配慮してのことだったのだろう」

「…………」

総右衛門は不愉快な目で見ていたが、薙左は力を込めて、

「清兵衛は、竜太郎のことを思い、人殺しを平気でするような、あんたから離れて暮らさせたいと考えていたのだろう」

「…………」

「拐かしを考えて仕組んだのは、実は……清兵衛だった。けれど、千両が奪われるよりも、おまえにとって心配だったのは……深川木場で試していた爆薬の秘密が、世間に洩れることだった……だから、これまでの爆破のように見せかけて、多津と通じていた八左吉もろとも、ぶっ殺した」

「…………」

「そのことも含めて、清兵衛は……苦しんでいた……危ない火薬だと知っていたか

ら……だが、やはり死人が出た……そのことで、清兵衛はもっと苦しんだはずだ」

「船手奉行ではなく、火薬奉行でしたかな、早乙女様は」

小馬鹿にしたように言った総右衛門に、薙左は鞘ごと刀を抜いて床を叩いた。

「いけしゃあしゃあと、知らぬ存ぜぬを通すものだな。だったら、これに火をつけてみるがいい！」

まるで啖呵《たんか》を切るような薙左の言い草に、さすがに総右衛門も目を剝いた。

「まったく危なくないって言うなら、さあ総右衛門、ここで試してみてくれ。たった今、おまえの蔵から持ってきたものだ」

と薙左は巾着袋《きんちゃくぶくろ》を逆さにして、土間に撒き散らした。

「さあ！　総右衛門！」

「うっ……無茶な……こんな所じゃ……危ないに決まっているでしょうが」

その時である。

店の表から、多津と清兵衛が一緒に入ってきた。総右衛門は一瞬、仰天したが、口を結んで黙って様子を見ていた。

「何を驚いてるんだ、総右衛門」

「いや……」

「あんたが、ゆうべ殺したはずのふたりが、来たからかい？」

　薙左は射るように総右衛門を睨みつけた。

「おまえは昨晩、用心棒たちに命じて、ふたりが借りている長屋で、殺そうとした……だがな、このサメさんは俺より焦臭い匂いに敏感でな……今頃は、北町の奥村さんがお縄にしているだろうよ」

「！……」

「どうなんだ、認めるかッ」

　薙左が促すと、清兵衛は総右衛門の前に進み出て、両手をついて必死に訴えた。

「だ、旦那様……私にはもう嘘はつけません……もう堪えられません……どうか、どうか、本当のことを話して下さいまし……竜太郎様のためにも、どうか、どうか！」

「黙れ、清兵衛。誰が、おまえを番頭にしてやったと思ってるのだ。知らん！　私は何も知らない！　そもそも、私は用心棒など雇っておらぬ！」

　あくまでも総右衛門は己の非を認めなかったが、奥村がぶらりと入ってくると、

「おい。用心棒が認めたよ……ゆっくり番屋で話を聞こうか」

と睨みつけた。それでも総右衛門は悪態をつきながら、知らぬ存ぜぬを押し通した。縄に縛られた総右衛門を、竜太郎は悲しそうな目で見ていた。

「竜太郎……」

そっと近づく多津に、竜太郎は眩《まぶ》しそうな目で頷いて、

「私は……お父様が恐かった……毎日、毎日、叩かれて罵《ののし》られて……恐かった……」

俄に泣き出す息子を、ひしと抱きしめる多津の姿を、薙左は鮫島と頷き合いながら、いつまでも眺めていた。

当時――。

水車小屋を使って火薬を作ったがために、爆発する事故は多かった。そのたびに、幕府は住民に対して補償金を出し、水車小屋が再建しても、火薬作りはしないと約定を交わしたりしたが、多大な迷惑を江戸町人に与えていたのである。

同様の事故は、三田村、王子などでも起こったが、しだいに江戸から離れた場所に造るようになり、将軍の御狩場である留山村付近に、千駄ヶ谷の焔硝蔵を移し、

三田用水を利用して火薬製造所を造ろうとしたが、住人の猛烈な反対にあって頓挫《とんざ》した。この用水を利用している三田、中目黒、上目黒らの住人が頑張ったのだ。

しかし、結局、幕府が買い上げて、この村の人々には代替地を与えたりしたが、後の文久三年——大爆発を起こして、即死したり怪我をしたりした者が七十人余り出たという。

無計画な軍備拡大を、急いだがために起こった理不尽な不幸であった。

第四話　海光る

一

圭之助の姿が見えないので、戸田泰全とともに近所を探し廻ったが、どこにもいない。大声をあげて、早乙女薙左はおろおろするばかりであった。戸田家の家臣はもとより、辻番人たちも出払っていて、番町界隈はもとより濠端《ほりばた》まで隈無く探し歩いたが、子供を見かけた者はいなかった。

――もしや……拐かされたのではないか。

という不安が脳裏によぎった。

品川宿の油問屋『和泉屋』の拐かしを思い出したのだ。あの一件は、結局、産みの母親が犯した罪とも言えるが、薙左たち役人に対する怨みとも取れる。

あれから二月近くが過ぎたが、世の中は益々、ぎすぎすしている気がする。

——そういえば、つい先日も町方同心の娘が何者かに拉致された上に、手籠めにされた事件があった。

と薙左は思い出した。他にも奉行職にある者の妻子が、無頼漢に襲われたり、本人が斬られたりする物騒な事件も起きていた。開港によって、異国が迫っているという世情の不安は人心を惑わせ、さらに恐怖に陥れるから、理不尽に役人が悪いと決めつけて、攻撃してくる輩も増えたのであろう。

米価が急に上がったがために、打ち壊しや一揆が起こった村もある。凶作に加えて、異国との戦になれば、食糧もなくなるから溜め込んでおかねばならぬという悪い風潮が漂っており、誰の目にもますます世の中が悪化しているように思えた。

こういう世情に乗って、悪さを企《たくら》む奴がいるのもまた現実である。抜け荷の件数は爆発的に増えたし、それを取り締まる側の手立ても見抜かれて、中には異国船から密かに物品を買ったり、逆に金銀などを流したりすることも行われていた。

一方で、異国との〝まっとう〟な交流を見据えて、幕府側も四方を海に囲まれている〝海洋国〟として、西洋に対抗しようと、今年の七月には、長崎に海軍伝習所が設けられ、官軍仕官の養成がされ始めた。

長崎西役所に設立されたこの役所には、オランダの軍人や医師らが教官となって、航海術や天文学、医学、科学などはもとより、来るべき戦のために軍艦の操舵や大砲の訓練なども行うことになる。

幕府の伝習生の第一期として三十数名が集められたが、薙左もその一員として船手頭の向井将監から推挙されていた。だが、

――江戸湾の危機の最前線で、江戸町人を護りたい。

という与力の使命を全うするために、断ったのであった。薩摩や、肥後、佐賀、筑前、長州などからも若い藩士が百何十人も集まるとのことだから、薙左は本音では大きく開かれた〝海軍〟に心惹かれていたが、妻子を残して長崎まで行くのは忍びなかった。

戸田泰全も妻の静枝も後押ししてくれたが、まだその時期ではないと、自分で判断したのである。薙左が参加しないことを惜しむ声もあったが、このような混乱している時こそ、〝水上警察〟である船手奉行所が内側の動乱を抑えて、江戸の安寧

秩序を保たねばならぬ。そう心がけていた。

だが……。

ひとり息子が行方知れずになっただけで、狼狽する己の胆力のなさに、薙左は自分でも呆れるほどであったが、親ならば心配するのは当然である。もしや濠に落ちたのではないか、水路に流されたのではないかと気が気でならなかった。

濠端を巡っているうちに牛込見附を過ぎ、神楽坂《かぐらざか》下まで来た。四、五歳であっても、歩いてくることができるであろう。

薙左が船着場の顔馴染みの船頭たちに、圭之助のような幼児の姿を見なかったかと訊き歩いていると、川の流れを堰《せ》き止めて造られている釣り堀があった。夕映えの中で、少し背の曲がった老婆が、鮒釣りをしている……ようであった。

その姿を見た途端、

——おふくろさんも随分と、歳《とし》を取ったなあ。

と呟いた。

その老婆はかつて、『鬼子母神《きしもじん》のお寅《とら》』という異名のあった〝女俠客〟である。

北町奉行所の与力から十手も預かっていた、いわゆる二足の草鞋《わらじ》というやつだった。

もっとも、女ゆえ強力《ごうりき》犯よりも、盗人相手が多かった。盗みをするのは、大抵が食うに困ってする奴だ。だから、捕らえた後に更生させて職を与える。盗みをするくらいなら、渡世人でもやった方がマシだとお寅は考えていた。他人の子供を食い殺していたという鬼子母神にちなんだ恐ろしい二つ名だが、心根は優しく、捕まった泥棒たちからも、「おふくろさん」と慕われていたのだ。

コソ泥一筋の御用ももう終えて、〝子や孫〟たちに囲まれ、安穏と暮らしているはずだが、ひとりで鮒釣りとは、女だてらに妙な隠居暮らしだな……と薙左は思った。子供や孫とはいっても、生涯独り身だったから、本当に血を分けた者ではない。お寅に更生させられた〝子や孫〟である。

実際、お縄にしたコソ泥は町方に引き渡したのよりも、心を入れ替えるというのを条件で、放免した方が多いのではなかろうか。やむなく盗んだことを恥と思っていた者には、温情をかけていたのだ。

情けをかけられると、心を入れ換えて、まっとうな道を歩もうとするのも人情だ。薙左は、深いつきあいがあるわけではないが、何度か咎人を引き渡されて接した感じでは、まさに、生まれながらにして人は正直なのだという〝性善説〟を信じているようなお寅だった。

中には、お寅の優しさを知っていて、見つかるのを承知で盗みを働いても、「二度とやりません」と額を地面に擦りつけて、嘘の許しを乞う者もいた。そして、また盗みを働くのだ。そんな輩には、

「仏の顔も三度までというからな。私は仏じゃないからよう」

とまさに、鬼子母神の形相になって、問答無用できつい仕置きをするのだった。

その反面、何十何百の罪人のための〝一灯〟となったことか。だからこそ、血も涙もない極悪人には、俠客魂が揺すぶられるのか、町方が駆けつける前に、自分の若い衆を使って、二度と立てないくらいに酷い目に遭わせることもあった。徒党を組んで押し込んで殺しをしたり、女を犯すような輩には、容赦しなかった。

そして、極悪非道の限りを尽くした奴には、「地獄まで追いかけて、食い殺してやる」というのがお寅の口癖だった。

薙左の目には、釣り堀にいるお寅の様子が、かつての鋭い牙を隠しているようにも見えた。

——もしや、何か事件でも……。

摑んだのではないかと、薙左は気になって、しばらく眺めていた。

この辺りには、幾つもの河岸《かし》があって、荷船が何十艘も往来し、櫓や櫂の音や船頭たちの元気な掛け声が轟きわたっていた。船着場から道を挟んで反対側には、一膳飯屋や蕎麦屋、茶店が並んでいる。河岸で働く者たちの腹ごしらえをさせる所だが、夕暮れになると居酒屋に変わるのがほとんどだった。

見るからに食い詰めたような浪人が、近くの『都鳥《みやこどり》』の暖簾をくぐると、お寅は釣り竿を置きっぱなしにして河岸の方へ近づき、その店の前にきた。

薙左は濠沿いの道から、ぼんやりと見ていたが、

——もしかして、召し捕る気か。

と思った。とりあえず、引っ張って、自身番に連れ込んでから、吐かせるやり方だが、もう六十を過ぎている老婆に、食い詰め浪人とはいえ、侍を縛るのは無理だろう。場合によっては、手を貸そうと近づこうとすると、別の路地から、

「おう……ここのようだな……」

と、お寅に声をかけながら、奥村慎吾と玉助、そして捕方が三人ばかり出てきた。

薙左はアッと足を止めた。

他の路地にも、職人や行商人などに扮していると思われる町方中間などが、身を潜めているのが見えた。

「奥村様……例の男が、この『都鳥』に入っていきました。おそらく、二階にいると思いますが、裏手には船手奉行所の広瀬さんらも張っていますので、鼠《ねずみ》一匹逃げられません」

「いや、船手はあてにならぬ」

嫌味な顔になって、奥村は腰の刀をぐいと構えると、

「それにしても、お寅……本当にそいつが、阿片の売人に間違いないんだろうな」

「間違いありません。蛇の道は蛇ってやつで」

「もし、違っていたら、こっちの首が危ない。相手が相手だからな」

「大丈夫です。坂木《さかき》岩五郎《いわごろう》という遊び人で、住まいは持たず、色々な女の所に転がり込んでるとか」

「そんな贅沢も今日が限り。本当に間違いないのだな」

奥村がここまで慎重に訊くのは、もう一年以上も前から探索しているにもかかわらず、江戸市中に出廻っている阿片の〝大元締〟が誰か分からないからだ。売人を

何人捕まえようと、病巣に届かないから、奥村は苛立っていた。

「まったく、近頃は阿片だらけだな……もっとも、勘定奉行などのお偉方までが手を出していた体《てい》たらくだ。俺たち下々の役人が目くじらを立てたところで、無駄骨かもしれぬがな」

たしかに、殺しや盗みのように、素早く下手人を探そうにも、被害者と加害者がはっきりしていないから捕縛しにくい。

かつて、阿片の密売で捕らえられた裏社会の大物や事件に関わった渡世人らを、船手の薙左も洗い出したことがある。悪党同士は地下で繋がっていることが多いからだ。

だが、今般の事案は、明らかに町奉行所の動きが洩れているかのように、怪しい者たちが忽然《こつぜん》と姿を消していた。玉助たちの何日にもわたる聞き込みや張り込みも無駄だったが、ようやく、お寅が昔取った杵柄《きねづか》で、坂木岩五郎という浪人を見つけたのだ。

「ここは、もういいぜ、お寅……家に帰って、〝亭主〟の面倒でも見てやれ」

亭主といっても、お寅は独り身の女俠客だから、正式な関係ではない。

佐平次《さへいじ》といい、その昔、盗みに入ったところを、お寅に見咎められ――盗人が十手持ちに恋をした――というところか。不動の佐平次という名うての盗賊だった。

お寅のみっつばかり年下だが、長年の苦労のせいか、近頃は物忘れが激しくなり、昔のことは覚えているが、昨日のことは忘れてしまうのだという。

「私は大丈夫ですよ。せっかくだから、見届けたく存じます」

「そうかい。でも、無理をして、怪我しねえようにな」

奥村も尊敬をしているのか、お寅には丁寧に声をかけてから、

「よし、行くぞ」

と店に踏み込んだ時である。

二

店の中から、広瀬が慌てふためいて飛び出してきた。

「しばし、しばし、お待ち下さい。奥村様」

「邪魔をするな、船手めが！」

「裏から、妙な女も入っていきました。芸者風のちょっといい女です」

「坂木の女なら一緒に御用だ」

「そうではありません。あの女、何処かで見かけたことがあるんです。思い出せないんですけれど……」

「どけい！」

「ひょっとしたら、罠かもしれません」

「罠？」

「とにかく、女を調べてから……今、乗り込むのは……」

「貴様、船手のくせに俺に指図するな！」

奥村は乱暴に押しやって、店に入ると、階段を駆け登った。続いて、同心や捕方たちも乗り込んだ。

「坂木岩五郎という奴はおるか！　大人しく出てきて縛につけい！」

返事はない。店の中には、大将や小女《こおんな》、客の姿もない。

「北町奉行所定町廻り筆頭同心・奥村慎吾である。さっさと出てこい！」

目をギラつかせて怒鳴ると、捕方たちに踏み込めと命じた。階段を駆け登り、二階の座敷に踏み込んだのだが——そこは、もぬけの殻だった。

「!?——探せ、探すのだ!」

坂木岩五郎という浪人が入ったのは、お寅のみならず、奥村や他の者も見ている。

その上、広瀬は姐御《あねご》風の女が来たのも確認しているのだ。

むろん、遠目ではあるが、薙左も見ていた。

「おかしいではないか……探せ!」

奥村は手下を散らせて、厨房や離れなど店内を隈無く探させたが、浪人どころか、
それこそ鼠一匹いなかった。

「もしや……しまった……!」

お寅は唇を噛んで十手で、床の間の木彫りの置物を叩いてずらすと——その奥は
空洞になっていて、階下に抜ける細い階段が現れた。直接、横手の掘割に通じてい
るようだ。その掘割はそのまま、濠とは反対側の水路に続いている。

「こんな抜け道があったとは……やはり川船を使いやがったか……おい広瀬! 船
手のくせに、これくらい見抜けなかったのか!」

「だから、私は……今、乗り込むのはと」

「言い訳はよい！　だから、船手なんぞに……ああ、もう！」

苛立った奥村に、お寅は冷静になるように言ったが、烈火の如く顔を真っ赤にして、

「くそう！　また逃げられた！　奴らを泳がせた意味がないではないか！」

奥村の怒りを抑えるように、お寅は低い声で言った。

「手立てがなくなった訳じゃありませんよ、旦那……この水路が何処に繋がっているかは、よく分かってるはずです。ねえ、広瀬の旦那……それに、何故だか知りませんが、早乙女の旦那がご覧になってますよ。ほら……」

と十手で指すと、奥村の目に、薙左が河岸をぶらついている姿が見えた。

「やろう……」

眉間に皺を寄せる奥村に、お寅は煽《あお》るように、

「とにかく、一刻も早く阿片一味の頭目を捕まえねばなりますまい。実は、もう坂木のねぐらは押さえてあるんです」

と言いながら頷いた。だが、奥村にとって気がかりなのは、何故、町方の動きが筒抜けかということであった。

――何事か……。

薙左が近づこうとすると、

「お父上。探しましたぞ。何処に行っていたのですか」

と背中に声がかかった。振り返ると、そこには、圭之助が立っていた。

「おまえ……心配していたんだぞ」

「そんな風には見えませんでしたが。母上が、すぐ何処かにいなくなるって、ぼやいてましたよ。お祖父様《じじ》も笑っておりました。母上と一緒に使いに行ったことを忘れていたって」

「いや、それにしても、よくここまで来られたものだな」

「吉之助《きちのすけ》が一緒です」

戸田家にいる古株の中間のことである。

「そうか……ならば、よかった。見つかってよかった」

思わず薙左が手を握りしめると、圭之助は痛いと目を閉じた。

本所の横十間川の掘割に――。

坂木岩五郎の姿が現れたのは、その数日後のことだった。

足場が腐っているような船着場で、近くに亀戸天神がある。周辺は雑木林に囲まれているが、それは森でも林でもなく、下総《しもうさ》佐倉藩主・堀田備中守正睦《ほったびっちゅうのかみまさよし》の屋敷であった。

さすが十一万石の大名であり、老中でもある堀田らしく、別邸であっても立派な長屋門で、表通りからは中が窺い知ることはまったくできない。

船着場の坂木は、先日のような痩《や》せ浪人ではなく、家紋入りの羽織に袴姿で、月代を綺麗に剃っていた。一見すれば、まったくの別人である。何処か遠くを、まばたきもせず、じっと見つめている坂木の顔は、凜々《りり》しくすらあった。

その坂木に、ゆっくりと小舟が近づいてきた。船頭はおらず、着流しの遊び人風が櫓を器用に漕いでいた。接岸しようとする遊び人が坂木にへりくだって、

「此度は、助かりました。旦那のお陰です……今月に売り捌いた分。七百と二十両ありやす……手数料は三十両ばかり、いただきやした。へえ……」

と足下の千両箱を抱えて、船着場に下ろした。

「ご苦労だった……」

「では旦那、次の物《ぶつ》を預からせていただきましょう」

遊び人がそう言うと、坂木は無言のまま刀を抜いて、いきなりバッサリと遊び人を斬った。

「うあっ！　ど、どうして……」

「怨むな。事情が変わったのだ」

「こ……このやろう……」

懐から匕首を抜いて、必死に舟から降りようとする遊び人を足蹴にした。弾みで匕首を掘割に落とした遊び人のドテッ腹に、坂木は止《とど》めの一撃を刺すと、船縁を足で押して沖合に向けて流した。

「ばかめ……」

坂木はそう吐き捨てたが、ふいに背後に気配を感じて振り返った。すると木陰に立っている老体がいた。縞柄の着物の裾《すそ》を端折《はしょ》って帯にはさみ、手には剪定鋏を手にしている。

「……誰でえ」

ぼんやりした顔つきで、坂木の方を見ているが焦点が定まっていない。

「――爺さん……そんな所で何をしている」

　坂木は血を拭っていない刀を突き出しながら、近づこうとすると、

「人殺し！　人殺しだあ！」

　老体は大声を上げたが、目の前の光景が恐ろしかったのか立ち尽くしている。坂木は刀を握り直して、一振りすると――老体は意外にも身軽な感じで、ひらりと後ろへ跳ね飛び、翻って逃げ出した。

「待てぃッ」

　追いかける坂木から、老体はまるで猿《ましら》のような勢いで逃げた。だが、やはり無理をしていたのであろう、老体の胸は激しく震えて、手にしていた剪定鋏を投げ出すようにして、立ち止まらざるを得なかった。

　振り返ると、坂木がまっすぐ突き進んできていた。老体は、叫ぶ力もなく、その場にしゃがみ込んだが、先を見ると掘割が夕日に煌めいていて、人通りも見える。最後の力を振り絞って、再び立ち上がった老体は駆け出した。

「ひ、人殺し……！」

　声にはならないが、口を開けながら、老体は前のめりになって、掘割に向かって

飛び込んだ。その時――

目の前には、かなり勢いをつけていた猪牙舟が水面《みなも》を走っており、老体はその舟の上に運良く落ちた。かに見えたが、米俵を積んでいたその舟が傾いて、船縁と掘割の石垣との間に老体は挟まれた。

鈍い音がした。

ほんの一瞬のことで、猪牙舟の船頭も何が起こったか分からなかった。

「お、おい、大丈夫か！」

「なんてことをしてるんだ、爺さん」

「しっかりしろ」

「おい、誰か手を貸せ……溺れてしまう」

などと飛び交う声の中で、老体は意識が朦朧《もうろう》となっていった。

路地の陰からは、坂木が凝視していたが、掘割の混雑した荷船を、太鼓と鉦を鳴らしながら掻き分けて現れた川船は――船手のもので、鮫島が乗っていた。

「どけどけ！　一体、何があったのだ」

その鮫島の白羽織白袴を見た坂木は、舌打ちをするや、さらに物陰に隠れた。

「――あの爺イめ……あのまま死ねばいいが……」

さもなければ、身元を探り出してでも、殺さねばなるまい。坂木は、そんな目つきで、様子を凝視していた。

三

亀戸天神界隈には、時の老中首座・阿部正弘の屋敷もあり、堀田正睦ら主立った幕閣の別邸もあった。さらに、伊達《だて》伊予守《いよのかみ》や酒井《さかい》長門守《ながとのかみ》などの若年寄や徳川譜代の大名の下屋敷も並んでいて、さしずめ江戸城で話せぬことを、この辺りで密談している雰囲気すら漂っていた。

その一角に、お寅の住まいはあった。お寅が地主から借りている家だが、周辺の者からは、〝お不動様〟と呼ばれていた。

お寅の亭主である佐平次が、元は「不動の佐平次」と名乗る盗人だったことは、誰もが知っているからだ。あえて昔のことをバラしているのは、

――足を洗って、心も洗えば、人はいつでも立ち直れる。

ということを自ら証明するためだった。これも、〝恋女房〟となったお寅がいるからのことだが、他にも素行の悪かった子供らを集めて、一緒に暮らしていた。

そこへ、佐平次が担ぎ込まれたのは、すっかり日が落ちて、西の空に三日月が現れた頃だった。

「お……おまえさん！　一体、何があったんだい、おまえさん！」

夕暮れ、お寅が御用で留守をしていた時に、掘割に飛び込んで、舟と石垣の間に挟まれた事故に遭ったと——鮫島らが担ぎ込んできたのだ。ようやく先刻、身元が分かったのだった。頭や顔、腕などに何重にも白い布が巻かれていて痛々しい。

佐平次は静かに眠っているだけのように見えるが、実は意識がなく、医者の見立てでは今夜が山場だという。

お寅は一瞬、取り乱したものの、助けてくれた鮫島に丁寧に礼をすると、佐平次の顔を覗き込んだ。激しく打ったのであろう、たんこぶは痛々しく黒ずんでいた。

「なぜか、掘割に急に飛び込んだ……と見ていた人が言うのだ」

鮫島はその時の様子を話して、

「まさか、お寅……あんたの亭主、不動の佐平次とは思わなかったぜ……昔に比べれば随分と痩せてるし、近頃は、無償であちこちの屋敷の木を剪定しているそうだな」

「――はい……」

「まさか、盗みに入れるところを探っているんじゃあるまいな」

「冗談でもよして下さいな、鮫島の旦那」

「これはすまない。とにかく、医者の見立てでは頭を強く打って、目が覚めるかどうかは、神のみぞ知る……ということだ。仮に生き長らえたとしても、二度と目覚めないかもしれねえな、死ぬまで……死ぬまで目覚めないってのも、妙な話だが」

お寅は気が動転していたが、その感情を押し殺して、

「お世話様でした。鮫島の旦那が通りかからなければ今頃は……」

「ギリギリのところで、神仏が護ってくれたんだ。きちんと祈ってれば、必ず目を覚ます。諦めるな」

「あ、はい……」

礼を言ってから、お寅は改めて、不思議そうに鮫島に訊いた。

「旦那は、どうして、こんな所まで？」

「薙左から……いや与力の早乙女様から聞いたのだがな。お寅……おまえが探している坂木岩五郎とやらは、実はこの辺り……阿部正弘様のお屋敷に出入りしていると分かってな。ちょいと調べていた矢先なのだ」

「阿部様の……ということは、阿部様が阿片に関わっているということですか？」

「それはまだ分からぬ。だが、船手としても、それが事実なら、暴かねばならぬ」

「はい……」

「佐平次が事故に遭ったのは……丁度、横十間川の……天神様の船着場の近くだ……その奥の方にある、堀田備中守の屋敷の方から駆けてきて、飛び込んだと」

「飛び込んだ……」

「誰かに追われていたように見えたと言う者もいたが……何か事件に巻き込まれていたのか？　おまえの事件かもしれぬ」

「まさか……」

お寅には心当たりはないと言った。たしかに、任侠の道にいるし、十手持ちだから、逆恨みをされないとも限らない。

「だが、おまえが気づかなくとも……」

「分かりません。あるとすれば、今の阿片の事件に関わることとかも……でも、亭主は御用には何も……少し惚《ぼ》けていて、誰の相手にもなりませんからねえ」

「惚けている、か……だったら、幸せかもしれないな」

「は？」

「このまま気がつかなかったら……あ、すまない。また、つまらぬことを言うところだった。だが、もし、誰かに狙われたとあっては、見捨てるわけにはいかぬ。早乙女様も昔のよしみで、力になると言ってるから、俺たち船手のことも頼りにしてくれ」

「ありがとうございます」

お寅は深々と頭を下げた。

その時、素っ頓狂な声で飛び込んできたのは、なんと、お藤であった。『あほうどり』の前の女将である。

船手与力だった加治周次郎が、中川船番所に赴任してから、追いかけるように深川まで来たのである。組屋敷に暮らしているだけだが、事実上の夫婦であった。

「さ、佐平次さん……しっかりして、ねえ、大丈夫!?」

驚いたのは、鮫島の方で、

「ここで会ったが百年目だな、お藤さん」

「おや、サメさんこそ、どうしてこんな所にまで？」

「ご挨拶だな。佐平次を助けたのは俺だ」

「あ、そうだったんですか……サメさんも役に立つ時があるんだ」

「久しぶりに会って、それかよ。この様子じゃ、カジスケも随分と苦労しているだろうなあ。ああ、可哀想だ、可哀想だ。ゴマメも尻に敷かれてるし、女房なんざ貰うもんじゃねえなあ、アハハ」

「こんな時に、何をくだらないことをッ」

お藤はすんなりかわして、まるで父親の死に目にでもあったかのように、佐平次の枕元に座って、

「大丈夫だよ、佐平次さん……きっとよくなるから、必ずよくなるから」

と声をかけた。すうすうと気持ちよさそうに佐平次が眠っているから、よけいに哀しみが増してきた。

「お藤……どうして、おまえさん……」

「私の恩人なんです」

「恩人……」

「はい。こんな話、お寅さん以外にはしたことがないけれど、私も実は……若い頃、ちょいと悪さをしてましてね。掏摸《すり》の真似事をしてたんです」

「おいおい。嘘だろう?」

「十五、六の娘の頃のことですよ。でも、ほら、私って可愛いでしょ? だから、悪い道に引きずり込もうとする男が一杯いてさ……でも、体を張って助けてくれたのが、佐平次さんだった」

お藤は目の前の佐平次をじっと見つめながら、

「でも、まさか不動の佐平次だなんて、知らなかったから、私、ずっと拗《す》ねたように暮らしていたんだけれどね。掏摸であっても、盗人には盗人の流儀がある。それを守れないなら足を洗えって、きつく叱られた」

佐平次はお藤を連れて、金を盗まれて困っている人々を見せつけたという。たとえ、一文の金でもなくせば命を落とす者がいる。その一方で千両捨てたところで、屁とも感じない者もいる。そこを見極めないといけないと叩き込まれた。

「そんな話を聞いているうちに恐くなってさ……私、逃げちゃった」

「逃げて正しかったたな。カジスケと出会ったんだからな」

「うん……だから、内縁ではあっても、お寅さんの亭主になったと聞いた時には、私、嬉しくてさ」

「お寅のことも知ってたのかい」

「そりゃ、ねえ……」

お藤が困ったようにお寅を見やると、お寅は加治の密偵の真似事をしていたことを、正直に話した。鮫島はそういうことかと納得したが、お藤が掏摸とは恐れ入った。まさに、恐れ入谷の鬼子母神だ。

それにしても、今般の怪我は、

——もしかしたら、誰かに狙われたのかもしれない。

という直感が鮫島にはあった。だが、お寅はもう一度、確認するように言った。

「私のせいで、誰かに怨まれることはあるかもしれないけれど、佐平次が直に狙われるというのは考えにくいんです」

「分からないぜ？　昔の怨みを持ち続けるバカは大勢いる」

「さっきも言いましたけど、亭主は少し、頭が弱ってましてて、物忘れが酷いんですよ。たまに、私のことも忘れるくらいですから」

「ええ？　そこまでだったのかい」

「物事の善悪は分かりますが、時々、何処に何をしにきたのかを忘れることもあるので、財布には名前を書いていたんですがね」

「財布……そういや、財布は持ってなかったな……」

首を傾げた鮫島は、それを探してみると、何かが分かるかもしれないと思った。

「とにかく、お藤がついてりゃ、大丈夫だ。なあ、俺たち船手もいる。だから、もう年も年だし、事件には首を突っ込まないで、佐平次のことだけ、考えてやんな」

そう慰めた。すると、お藤は、

「ああ、気色《きしょく》悪い。サメさんらしくない」

と身震いした。

四

まるで船手奉行所に挑戦するかのように、鉄砲洲の船溜まりに、土左衛門が浮かんだのは、佐平次の一件があってから、わずか二日後のことだった。

鮫島が船手中間らを使って、佐平次が落としたであろう財布を探していたら、堀田備中守の屋敷を取り囲むような雑木林の中で見つかった。その周辺をさらに調べていたら、船着場に吹き飛んだような血の跡があって、

──もしかして、ここで人が殺された。

──その死体は、どこか近場に隠したか、船で他の所へ移した。

──その場を、佐平次はたまさか見た。

──そして、斬った奴に追いかけられて、逃げようとして、掘割に飛び込んだ。

そのようなことを鮫島は思い描いていた。

陸《おか》に引き上げられた土左衛門を、薙左が検分をすると、袈裟懸けに斬られた後に、鳩尾《みぞおち》に止めを刺されていることが分かった。

すぐに周辺を調べると、船杭に引っかかって傾いている川船があった。そこには血痕が沢山残っていたから、目の前の土左衛門は、何処かで斬られて、船で流されたかもしれぬと考えた。

それを見ていた鮫島は、

「亀戸天神近くの船着場であった事件に繋がっているかもしれぬな」

と言った。一本の糸で繋がる証拠があればよいが、それより、まずは身元を洗い出すことであろう。

「それにしても、むごいことをしやがるな……ほれみろ。しっかりと腰に結んだ巾着に、三十両もの大金が入っている……物盗《ものと》りの仕業ではないとすると、仲間割れか？」

鮫島はそう推察した。

「あの船着場で何かがあったんだ……近くには、幕府のお偉方の下屋敷がわんさとある……なんだか、ぞくぞくしてきたぞ。見ろ、薙左……この斬り傷は、どう見ても、それなりの腕利きの侍がやったものだ」

と自分の言葉に納得しながら、鮫島が頷いた時、

「後は、町方で調べる」

と背後から口を挟んだのは——北町奉行所の与力の高山義之助《たかやまよしのすけ》であった。すらりと背が高く、刀までふつうのよりも三寸ほど長い。

薙左も鮫島も顔は知っているが、まともに口をきいたことはない。高山の異様なまでの鋭い眼光は、人を恫喝するに充分であった。

「これは、高山殿……町方で調べると言っても、見つかったのは船手奉行所の目の前の船溜まりだ。こちらで検分して後、お報せいたす。この場はお引き取りを」

「その男は、かねてより、北町で追っていた阿片の売人と思われる」

「ならば尚更ですな。阿片は抜け荷によってもたらされることが多い。ますますって船手で調べねばなりますまい」

「いや……船手奉行の串部左馬之亮様は、かつて、父親とともに抜け荷を手伝ったとされる人物でござる。泥棒が泥棒を取り締まるようなことはできまい」

「なんだと!?」

鮫島が横から肩を突き出して、

「俺も、あの奉行は大嫌いだが、それとこれとは話が違う。もし、此度のことにも、うちの奉行が関わっているとしたら、この俺がぶった斬ってやるから安心しろ」

「ふん……だから、荒々しいだけの船手には、任せられぬのだ。早乙女殿、よろしいな」

「北町ならば、奥村殿が探索していたはずだが？」

　薙左が言うと、高山は淡々と、

「あいつは外した」

「外した？　何故に……」

「先般、追い詰めたはずの坂木岩五郎という浪人を目の前で逃がしてしまった。あの役立たずには、筆頭同心から並に位を下げた」

「………」

「よいな。これは……老中直々に、北町奉行の島津丹波様に申しつけたことである」

「老中ってのは、阿部様かい」

「そうだ」

「随分と仲がよろしいのだな。阿部様と島津様は」

「余計なことを申すな」

「それにしても、来るのが早過ぎると思うのだが……この土左衛門のことは、いつ知ったのですかな？」

薙左は覗き込むように高山を見て、

「船手でも今しがた見つけたばかりなのですが、もしや北町では、この男が誰か知っていて、探していたのではありませぬか」

高山はそれには答えず、阿片の売人の疑いがあるということだけは伝えて、男の亡骸《なきがら》を引き取ると譲らなかった。だが、薙左も負けていない。

「北町で探っていたのは承知してますが、こっちも長年、阿片のことでは探索をしておりましてね。この男を探していたのです」

「嘘を申せ」

「どうして、嘘だと？　やはり、あなたは、この男が何処の誰兵衛か知ってますね」

「…………」

「もしかして、高山さんは、この男を斬った侍もご存じなのではありませぬか？亀戸天神近くの船着場でね」

「！……」

高山の目がかすかに泳いだのを、薙左は見逃さなかった。

「やはり、ご存じなのですね。それこそ、嘘はいけませんね、町方与力ともあろうお方が。それとも、嘘も方便とでも言いますか」

「探索上の秘密だ」

「では、それを船手と共有させていただけませぬか」

「無理だな」

キッパリと断った高山はわずかに目を剝いて睨みつけた。臍《へそ》を曲げると梃子《てこ》でも動かないとの評判の高山だ。町方与力ではあるが、先祖は神君家康公に仕えていた旗本であることを自慢しており、剣術の腕前も奉行所随一との誉《ほま》れが高い。

これまでも、多くの悪党を捕縛して、牢屋敷送りにしているが、吟味方も兼任している与力ゆえ、強引な調べだという悪評もまた、奉行所内には流れていた。

「これ以上の押し問答は無駄だ。北町で処理する故、文句があれば、船手奉行と町奉行……奉行同士の話にするがよい」

「いいえ、高山様。この男を殺した奴を探し出せば、阿片の元締も引きずり出すことができる……いや、阿片に留《とど》まらず、他にも何か秘密があると、私は踏んでおります」

「秘密……？」

「でなければ、坂木岩五郎を追い詰めた後に、阿片絡みのこの男が殺される訳がありますまい。しかも、町方の探索が外へ筒抜けだったということも、奥村さんは懸念しておりました」

「ふむ。奴は自分の手柄を落としたから、やっかんでおるのだろう」

「誰を、でございます」

「さあな」

　高山は腹立たしげに頬をゆがめて、

「そんなに阿片の一件を調べたければ、北町で働くか。早乙女殿ほどの人ならば、島津奉行も嫌とは言うまい」

「…………」

「こうして、グズグズしている間にも、悪い奴らは良からぬことをしておろう」

　まったく譲る気のない高山に、薙左はほとほと呆れて、

「さようですか。ならば、奉行同士の話し合いにしましょう……この男については、どうぞ、ご随意に調べて下さるがよい。ただし、こっちはこっちで、あなたのこと

を改めて調べさせて貰いますよ」

挑発する目つきになった薙左に、鮫島ですら、

——待てよ。

と声をかけたくなった。阿片の事件を諦めたわけではない。もっと深い何かがあると薙左は踏んだからこそ、一旦は探索の手を高山に渡したのだ。

「俺のことを調べる……どういう意味だ」

高山が鋭い目つきになるのへ、薙左はにこりと微笑みかけて、

「あなたが一番、人に知られたくないことを、調べるということです。どうぞ、お引き取りのほどを」

「こしゃくな……」

吐き捨てて、高山が部下に土左衛門を運ばせて立ち去ると——。

ひょっこりと船小屋の陰から、玉助が飛び出してきて、こくりと頭を下げた。

「早乙女様……土左衛門が誰かは、あっしが知ってます」

「おう、玉助か」

「あの土左衛門は、増蔵《ますぞう》という浅草辺りを根城にしている遊び人で、色々な武家屋

敷に出入りしている渡り中間をしてやした。だから、大名屋敷や旗本屋敷などの隠れ賭場なんかでも結構、顔が利くんです」

「ほう。やはり高山殿は、そういう輩と知っていたか」

「ええ、奥村様も当然、摑んでいたのですが、あの増蔵を追い詰めたところで、やはり逃げられたことがあるんですよ……あっしは、高山様が裏で逃がしたと見てやす」

「それは由々しきことだな」

「奥村の旦那は、坂木を逃がした落ち度を問われて謹慎させられやしたが、それも高山様の言いがかり……いえ、策略に違いありやせん。だから……」

　玉助が密かに探っていたのである。足が棒になるまで歩いたが、まだ分からないことが多いという。

「そうか……今、高山殿と話をしていても、何か裏があることがプンプン臭《にお》う。もしかしたら、お寅さんも狙われるかもしれぬ」

「え、それは、どうして……」

「亭主の佐平次は、きっと殺しを見たのだ。増蔵とやらが殺されるところをな」

鮫島もそうに違いないと頷いて、

「仲間割れで、増蔵が殺されたのだとしたら、殺したのは……坂木という奴かもしれない。それを佐平次が見てしまった……」

「かもしれぬな。サメさん、お寅さん夫婦を護ってくれ」

「俺がやらなくても、お藤がついてる。ということは、カジスケも手を貸してくれると思うがな。とにかく、俺は高山をギャフンと言わせてやりたい」

火がついた鮫島の目は鋭く熱かった。

五

「佐平次の一件は、もしかすると、北町与力と関わりがあるかもしれない」

鮫島の伝言として、広瀬から聞かされたお寅は、驚きのあまり声にならなかった。

不安と恐怖よりも、女俠客らしい怒りが湧いてきたようで、

「万が一、亭主が死ぬようなことがあれば、私がきっと仇討《かたきう》ちをするよ」

と呟いた。物騒なことを言わないでくれと広瀬は頼んだが、目つきがまったく変

わっていた。そして、こう問いかけた。

「北町与力……ってのは、高山様のことかい」

「え、ああ……たぶん……」

「おまえさん、若いくせに曖昧ですねえ。シャキッとしないと、船手なんざ務まりませんよ。昔は海の猛者ってね、海賊みたいなもんだった。荒くれ男たちばかりだから、泣く子も黙るってやつでね」

「そうでしたか……」

「ああ。私は町方から御用を預かってたが、男の中の男は、板子一枚下は地獄の釜《かま》の船手の方が幾分も上だった。だからって訳じゃないが、あたしゃ大好きだったねえ」

「…………」

「なのに近頃の船手役人は、ちんまり纏《まと》まりやがって、早乙女の旦那だって、ぬるま湯みてえでシャキッとしない。銭湯《ぜにゆ》だって、痛いくらい熱い方がいいでしょうよ」

「早乙女様は熱過ぎるくらいだと思います」

「そうかねえ……ま、悪口になっちゃいけないから、これくらいで止《や》めときますが……亭主はご覧のとおりでねえ」

事件以来、ほとんど眠ったままの佐平次だったが、時折、目が覚めては水を欲しがり、飲むとまた眠った。意識があるということで、町医者は奇跡だと言っていた。

その日——。

訪ねてきたお藤が何度も声をかけていたせいか、むっくと起き上がると、何処にその力が残っていたのか、這うように縁側に出て、庭を眺めたり、遠い空に目を向けたりした。

「なんだよ、おまえさん。あたしじゃ、ピクリとも動かないくせに、お藤さんだったら、目覚めるのかい」

お寅が声をかけると、佐平次はいつもと違って、きらりと瞳が輝いていた。昔の〝不動の佐平次〟の時のような目だ。

「具合はどうだい？　ここが、どこか分かるかい？」

寄り添って手を握るお寅を振り払って、立ち上がろうとしたが、手足が少し萎《な》えているのか、思うように動かせないようだ。思わずお藤が支えて、

「神仏が助けてくれたんだ……奇跡ですよ、これは、ねえ、お寅さん」

佐平次はお藤とお寅の顔を見比べながら、不思議そうに首を傾げた。

「無理することないよ。ろくに物も食べてないから、力が入るわけないよ。重湯を少しずつ食べてさ、精のつく物をたんと取って、徐々に徐々に、ね……」

と、お寅が優しく声をかけると、

「ええと……ここは、一体、何処で？」

佐平次はぽつりと言った。お藤は背中をさすりながら、

「ほんとに、まだ無理しないで。ゆっくり思い出せばいいからね」

と慰めるように言ったが、佐平次は布団から出ると威儀を正して、

「おまえさん方は、どなたです？」

お寅はギクリと見やったが、お藤は優しい声で、

「佐平次さん……まだ横になっていた方がいいよ」

「――佐平次。それが、俺の？」

と首を傾げると、お寅は思わず手を握りしめて、

「しっかりおしよ。私だよ、女房のお寅じゃないか」

食い入るように見つめる佐平次に、何度も頷きながらも、

――とうとう恐れていたことが起こった。

お寅は思った。これは事故のせいではない。前々から、時々、自分が誰か分からなくなり、女房のことも覚えていないことがあった。年寄りになれば〝惚け〟になることはよくあるが、まだ還暦前である。なんとも、やりきれなかった。

「俺は……誰だ……ここは、どこだ……分からねえ……」

頭を振る佐平次を見て、お寅は軽いめまいを感じた。物忘れになったことが、自分のせいではないかという思いに苛《さいな》まれた。

「気に病んじゃいけないよ、お寅さん。私もいるから、ね」

お藤は懸命に、お寅を慰めようとした。が、他人には分からぬ夫婦の暮らしがあったはずだから、お藤は強くは言えなかった。

「考えようによっては、忘れた方がいいものもあるんじゃないかな？　たとえば、盗賊だったなんてことは、ねえ」

励ましたつもりだが、そのお藤の言葉にも、お寅はすっかり落ち込んでしまった。女房のことを赤の他人のように見ている佐平次の目は、お藤にとって堪えられない

ほど辛いことだった。

しかし、お藤は、頭を打ったがために、一時だけ記憶を喪失しているのではないかと感じていた。だから、何かがキッカケで元に戻ると期待していた。それに、一緒に暮らしている〝子や孫〟たちも心配して、色々と面倒を見てくれている。幸せな老後ではないかと、お藤はさらに慰めた。

「俺は、御用聞きなのかい？」

佐平次が神棚の十手を見て訊いた。

「ああ、それは、お寅さん……あなたの女房のお寅さんがね」

お藤がそう言って、手柄話などを続けると、

「……お寅……聞いたことがあるような……じゃ、俺は……？」

と佐平次が尋ね返した。ほんの一瞬、答えに窮したお藤だが、透かさずお寅が、

「一緒にやってたんだよ。おまえさんは、若い頃、不動の佐平次って呼ばれててね。お不動明王のように恐かったからさ」

すると、お藤が合わせるように、

「でも、今じゃ、不動明王のような恐い顔じゃなくて、すっかり好々爺《こうこうや》」

「俺が？」

「ええ。でも、昔からほんとは、恐かったけど優しかった。だから、私も立ち直ったんだよ。一緒にいるこの子たちみたいにね」

共に暮らしている〝子や孫〟は、事情を察して、口裏を合わせなくても、素直に、

「そうだよ」「俺たちは、親分のお陰で、こうして足を洗えたんだ」「感謝してるぜ」

などと口々に言った。もちろん、お寅が世話をしたことだが、佐平次が一緒だからできたことだ。

「だから、お寅さんのことは、みんな本当のおふくろさんだと思ってるし、佐平次さんのことは、おやじと思ってる。ここにいる奴らだけじゃねえ。江戸中にいらあな」

子供のひとりが自慢そうに鼻を搔きながら言った。

「そうかい……嬉しいな……」

と佐平次が返すと、お藤が付け足した。

「だから、思い出さなくても焦ることはない。お寅さんもそうだよ。ここは、あなたたちの家だもの、また一緒に頑張ろうよ」

「ありがとうね、お藤さん……さすがは、加治の旦那が惚れただけのことはあらあ」

　少し戯《おど》けた表情になったお寅は、佐平次の側まで鉢植えを運んで、近頃、あちこちに剪定の手伝いに行っている感覚を思い出させようとした。

「大事にしていた剪定鋏は、あの時、なくしたようだから、新しいのをほら」

　と手渡した。〝惚け〟ていても、慣れたことには自然と体が動く。佐平次は子供のように鋏をカチャカチャ鳴らしながら、鉢植えの松の枝ぶりを整えた。

「あたしゃ……果報者だよ……」

　お寅が耳元に囁いた。

「えっ？」

　と見やる佐平次に、今度は、

「あはは。こんなこと言ったのは初めてだ。私のことが分からないから、照れずに言えたんだ。あはは、でもやっぱり恥ずかしい」

　そう言って、お寅が笑いかけた。実に爽やかな笑顔だったが——そんな様子を、垣根越しに窺っている坂木岩五郎がいることに、誰も気づいてはいなかった。

六

その夜、薙左のもとに、鮫島が剪定鋏を持ってきた。それを突き出して、

「亀戸神社から、船着場に行く途中の雑木林に落ちてたらしい。玉助が見つけた」

「やはり、佐平次が見たのは……」

「ああ、増蔵殺し、だな」

鮫島が確信をするのへ、薙左も頷いて、

「間違いなかろう。殺しをした奴は、佐平次を狙ってくるに違いあるまい。すっかり忘れているにもかかわらずだ」

「ということは、広瀬だけでは心許《こころもと》ないな」

「分かってるよ。もう手筈《てはず》は整えた……が、気になるのは、高山様の方だ」

「様などと……呼び捨てでよかろう。実は、俺の方でも調べてみたんだが、坂木と高山は、若い頃、同じ神道無念流の剣術仲間でな、道場の竜虎と呼ばれたそうだ」

「竜虎……で、坂木、とは」

「老中首座・阿部正弘の家臣だった男だ」

「だった？」

「国元ではなく、江戸屋敷で雇われた者らしいが、家臣だったのはほんの半年足らずで、素行が悪くて暇を出されている。町方がこれまで、なかなか素性を摑めなかったのは……摑めなかったのではなくて、隠していたのだろうな」

「だとしたら、断じて許せぬな」

いつになく険しい顔になって頷いた薙左は、早速、数寄屋橋門内の北町奉行所の門を潜った。嫌がる串部を強引に連れて、

——奉行同士の直談判。

をさせるつもりであった。もっとも、串部自身は今般の事件については、与力や同心たちに端から爪弾きにされているから、薙左の言いなりになるしかなかった。

つまりは、御輿《みこし》である。

同心部屋を覗いてみると、謹慎中のはずの奥村が出仕してきており、ぶつくさ文句を言いながら、実に不服そうな態度で手下の同心を叩いたり、蹴ったりしていた。坂木を取り逃がした一件で、与力の高山に叱責《しっせき》を受けてから、ふて腐れていたのだ。

「こんな情けない奥村さんの姿を見るのも、楽しいものですな」

薙左が声をかけると、奥村は敵意を剝き出しにして、

「からかいに来たのか」

「まさか。あんたを、こんな所で腐らせないように、直談判に来たんだよ。お奉行様にな」

「お奉行に……？」

「ああ。阿片の事件については、もっと調べなければならないことがあるしな。あんたがこれまで探索したことも無駄にするわけにはいくまい？」

「むろんだ。むろんだが……」

一番、引き続き探索をしたいのは奥村本人である。だが、与力の高山が主導権を握った上は、任さざるを得ないという風潮が、奉行所内に広がっていた。

「手柄に拘《こだわ》る奥村さんらしく、上役であろうが、奉行であろうが、ビシッと訴えたらどうですかな。もし、その気があれば、町方を辞めて船手に来て貰っても構わない」

「冗談じゃねえ」

「俺も、高山様に誘われたのでな、町方に……こっちも冗談じゃねえと思ったよ」

笑った薙左に、奥村は半ばムキになって、ふざけるなと言った。

「でも、まあ、考えてみてくれ。玉助はまだ若くて水練も得意らしいから、どうせなら船手の水主になってもよいと思っているとか」

「なに、あのやろう……！」

カッとなった奥村を挑発するように、

「まあ、あんたでは無理だがな。玉助の話ではカナヅチらしいから」

苦笑して背中を向けると、役所と奉行の役宅との間にある〝桔梗《ききょう》の間〟に入った。

ここは客間であるが、内密な話し合いをする時によく使われていた。

「どうも……阿片については、やる気がなくなっているようですな、北町の同心部屋を覗いて見たところでは」

薙左がいきなり、すでに待っていた島津丹波に言うと、陪席に控えていた高山が露骨に嫌な顔になって、「無礼であろう」と野太い声を洩らした。薙左は聞こえなかったふりをして、

「士気のないところに、事件解決はありませぬ。お奉行は、今般の事件……といっ

ても、色々ありますが、解決をする気はあるのでございますかな？」

と訊いた。

高山が言うとおり、あまりに無礼な薙左の態度に、串部は兢々としていた。とはいえ、横から口出しをする気にはなれず、俯き加減で黙って見ているだけであった。下手に関われば、〝旧悪〟がまた引きずり出されることになりかねないからだ。

「よろしいですかな、島津様……お尋ねしたいことがあります」

「そのために一席設けた。言いたいことを言えばよい。ただし、簡潔にな」

「亀戸天神近くで、人殺しがありました。早々に、お調べ願いたい」

「知らぬ。そんな殺しの話は聞いておらぬ」

「先日、船手奉行所の船溜まりから、強引に持ち帰った土左衛門……増蔵という渡り中間を殺した一件です。こちらで調べるとのことでしたが、そうでござるな高山殿」

「…………」

「なさらないと言うなら、担当を船手に戻して貰いたい」

薙左は突っかかる物言いをした。島津が事のしだいを察して、思わず許すと思ったからだ。だが、よほど裏で話し合っていたのであろうか、断固、探索は自分たちでやると主張した。

「実は、こっちはもう下手人を捕らえております」

「なに……？」

訝しげに見やる島津に、高山は思わず、

「挑発に乗らないで下さいまし、お奉行。下手人が捕まっているはずがありませぬ」

「ほう。どうして、そう思うのですかな？」

胸を高山に向けて、薙左は迫った。

「何故、捕まっておらぬと？」

「………」

「もしかして、私たちが知り得た下手人と違う人物に、目をつけているのですかな？　それとも、何処にいるか、高山殿は承知なのですかな、下手人が」

どうだと攻める目つきの薙左に、高山はそっぽを向いて、

「知っておるわけがなかろう」

「だったら、こっちが捕らえた者が誰か、気になるのではありませぬか？」

「………」

「本気で下手人を探しているのならば、すぐにでも、その場に行きたいはず……まあ、よろしかろう。色々とお忙しいでしょうから、高山様が行くことはありませぬ。その代わり……お宅の定町廻り筆頭同心の奥村殿が調べたことを、私からお話ししましょう」

実際、奥村が調べたことを、玉助から訊いた薙左は、改めて検証してみたのである。亀戸天神近くの船着場から、堀田備中守正睦の屋敷を取り囲んでいる雑木林、そして掘割などの絵図面を見せながら、

「——丁度、この辺りの船着場に血痕が残っておりました。思い出して下さい。高山様も一度は、行ったはずですよね」

「……行っておらぬ」

「そんなはずはありませぬ。丁度、その日……老中首座、阿部様のお屋敷で、旧交を温めた人がいたはずです」

「………」

「その旧知の人が……増蔵を殺して、船で流した……そこには、おびただしい血の

跡があったそうです。そうですな、奥村殿……隠れてないで、入りなさいませ」

と薙左が声をかけると、廊下から小さな咳払《せきばら》いが聞こえた。

「お宅の筆頭同心なのですから、構いませぬな、お奉行」

当然のように薙左が求めると、仕方がないという顔で、島津は許した。襖が開いて、入ってきた奥村は恐縮したように末席に座った。薙左は真顔で頷いて、

「血があったのですな、奥村殿。それは船手の筆頭同心、鮫島も確かめている」

「間違いございませぬ」

奥村が答えると、高山がじろりと睨んで、

「その血が増蔵のものだと分かるのか」

「他に殺された者は、見つかっておりませぬゆえ。それに……」

「それに？」

「増蔵の身のまわりを調べていたら、坂木とよくつるんでいたことも分かりました。丁度、その日……会っていたらしいと遊び仲間から聞きました」

「その日とは？」

高山は自分の道場仲間がやったことだと分かっていながら、淡々と調べている

――としか、薙左には見えなかった。

「佐平次が大怪我をした日です」

　薙左が横合いから言った。

「……それと、増蔵が殺されたことが、関わりあるのか」

　そう高山が訊き返した時、薙左の目尻がピクリと動いた。だが、高山は畳みかけるように、奥村に向かって、

「増蔵の血だということが、どうして分かるのだ。仮に、坂木と会っていたとして、斬ったと何故に判断できるのだ？」

「それは……」

「確かな証拠がないのに、拙者《せっしゃ》の友人が阿片の売人とか、人殺しとか決めつけるな」

　感情を露わにして高山が言った時、

「それは、増蔵の血なのです」

　断言した奥村に、高山は戸惑って、目を細めた。

「なんだと……？」

「増蔵の匕首が、船着場の下に落ちていたんです。ええ、こいつの持ち物だってこ

とは、調べやした」

「だから？」

「それで充分ではありませぬか。奴はここで殺されて、船で流され……」

「私には分からぬな」

　高山が奥村の言葉を断ち切るように言った時、薙左が声をかけた。

「あなたは、佐平次のことを、ご存じだったのですか？」

「なに？」

「今しがた、私が『佐平次が大怪我をした日です』と言った時、それと増蔵殺しと何か関わりがあるのかと言いました」

「！……」

「佐平次のことは、誰も知らないはずです……増蔵を殺した奴以外にはッ」

　薙左は畳みかけるように、

「奥村殿も知らないことを、どうして高山殿、あなたがご存じで？　坂木が話したのではないのですか？」

　と言って凝視した。その揺るぎない瞳に、高山は目を逸らした。

「……いずれにせよ、増蔵を殺した奴を捕らえれば、その裏に繋がる悪党どもが、日の下に引っ張り出せる……島津様、そして串部様、この際、町方だの船手だのと言わずに、お奉行ふたりが手を取り合って、差配なさって下さい。さすれば、もっと速やかに真相を暴けると思います」

「なるほど……串部殿は有能な部下をお持ちですな……その能が仇《あだ》とならぬよう気をつけておいた方がよさそうだがな」

島津が嫌味たっぷりに串部に言うと、高山は薙左を目を細めて睨みつけた。

七

翌日、北町奉行所では、増蔵殺しの下手人が捕らえられて、即日、処刑された。処刑されたのは、名前もはっきり分からないような食い詰め浪人で、増蔵が持っていた金が狙いだったが、

——刀で刺した直後、増蔵が自ら舟を漕いで逃げた。

というのが、吟味にあたった高山が、下手人から聞き取った話だった。

だが、増蔵が乗っていた小舟の櫓には、血がついていなかった。つまり、自力で漕いだわけではない。そもそも、漕ぐ力があれば、対岸にでも接岸して、助けを求めたはずだ。薙左や鮫島はそう思ったが、真相は解明されたと、事件に幕を引いたのだ。

釈然としない薙左は、串部を問い詰めたが、

「これ以上、私に何をしろと言うのだ。島津丹波様はただでさえ、怒っているのだぞ。折角、御家断絶が免れたのに、串部家を潰す気か、おまえはッ」

と喚くばかりで話にならない。父親をああいう形で切腹させておきながら、自らは生き延びようという醜態を、薙左は忌々しい思いで見ていた。

「このまま事件を葬り去ろうとしているんですね、お奉行」

「北町で片が付いたことだ。たとえ船手で扱った事案であっても、殺しや盗みの吟味筋は町奉行所にて執り行い、結審は評定所にてすることは、おまえも承知しておろう。船手は予審はするが、最後に裁くことはできぬ」

「そうでしょうか。船手できちんと証拠を摑んであげれば、正当に扱うはず。お奉行はやる気がありませぬな。よく分かりました」

「なんだ、その言い草は」

「我々、船手奉行所は江戸の海と川、そして、その沿岸に暮らす人々の安寧秩序を護るのが使命ですが、まさに異国によって蹂躙《じゅうりん》されるやもしれぬ危機にあります」

「おぬしは攘夷論者か」

「そうではありませぬ。むしろ逆かもしれませぬな」

「さようなことを大声で……！」

「あなたが訊いたのではありませぬか。よいですか、お奉行。訳はどうであれ、開国や攘夷のいずれかよりも、私は国を滅ぼそうとする輩が最も憎むべき相手と存じまする。たとえば……あなたの父上がそうだったかもしれませぬが……」

「なんだと。言葉を慎め」

怒りを露わにした串部に、薙左は厳しい口調で言った。

「それよりも、もっと酷い連中がおりますぞ。それは、阿部様かもしれませぬ。島津丹波様もそうでしょう」

「おい！」

「船手奉行の与力同心たちには、これまでも色々と探索で蓄積したものがあります。この話をすれば、あなたが誰かお偉方に洩らして、折角の探索が無になるかもしれないから言いませぬが、まさに国難にあります」

「な、なんだ、それは……」

「信頼できぬ上役に報せることはできませぬ。とんでもない事態になりかねませぬゆえ」

「勿体つけるでない」

「ならば、ご自身で探索なさるがよろしかろう……少なくとも、島津丹波様は阿片に留まりませぬぞ。異国の商人と密かに通じており、武器を買っている節があります」

「ま、まさか……」

「西国の大名ならば、偽金を造ってまで、当然の如くしていること。その武器弾薬が、幕府に向かんとも限りませぬ」

「……おまえは何の話をしているのだ」

「世の中は激変しているということです。水車小屋が爆発してしまうような火薬作りの体たらくでは、幕府は海へ向かって開くことなどは、到底、できますまい」

「口を慎め、早乙女！」

「この国には、関流をはじめとして、砲術や大筒を扱う砲術師や鋳造職人があまたおりまする。にもかかわらず、付け焼き刃で処理しようとしているから、島津様のような輩に隙を突かれるのです」

「いい加減にしろ！　貴様！」

立ち上がった串部は床の間から刀を取ると抜き払って、白銀の刃を薙左に向けた。

「誰が亡国の徒だ。おまえこそ！」

振り上げた刀をぎゅっと握りしめて、怒りの目で見下ろした。だが、薙左は身動きひとつせず、平然と言った。

「感情の思うがままに斬るならば、それもよろしかろう。何も考えず、ただおろおろと、目先のことに目くじらを立て、冷静に考えることを忘れている……それが、今のこの国です。幕府です」

「おのれッ」

「これから異国と戦ったり、あるいは新しい治世を生み出したりするのは幕府ではなく、他の藩かもしれませぬな。それでよいのですか……いずれ幕府はなくなるかもしれませぬが、だからといって、無様に終えてよいのですか」

「黙れ！　貴様こそ、亡国の徒だ！　恥を知れ！」

と刀を振り下ろしたが、まともに力が入らず、薙左の目の前を掠《かす》って、床に突き立った。必死に引き抜いた串部はそのまま後ろに倒れて、危うく自分の刀で怪我をしそうになった。

その時、廊下から、鮫島をはじめとして、広瀬、近藤、河本、内田ら同心が乗り込んできて、厳しい顔つきで取り囲んだ。

「このままでは、船手奉行所は立ちゆきませぬ。〝押込《おしごめ》〟致すゆえ、御免」

鮫島が声を発すると、同心たちが一斉に串部を捕らえて縛りつけた。

「何をする！　こら！」

悲痛な叫び声を上げる串部だが、広瀬たちは容赦なく、奉行部屋に置いて一歩たりとも外へ出られないようにした。

「貴様ら！　かような乱暴狼藉が許されると思うてか！　おい！　よせ！」

あまりにも激しく声を荒らげるので、猿轡《さるぐつわ》までかまされた。

万が一、老中や若年寄に分かったとしても、薙左は自らが責任を取る覚悟であった。串部が島津丹波や高山に通じている限り、真相は究明できないと判断したのだ。

異国船から密かに船荷を艀などで品川宿に持ち込む者たちを捕らえるために、船手奉行所では江戸湾内の巡回を強化した。その一方で、薙左は奥村を焚《た》きつけて、高山の素行を見張らせた。裏切り者の誹《そし》りを免れないので、奥村は尻込みしたが、

――大物が釣れる。

という思いもあって、薙左に従った。たしかに阿片の売人一味という〝獲物〟を取られて、そのまま探索が打ち切りにされては、一年がかりで調べていた奥村としても忸怩《じくじ》たる思いがあろう。仕切り直して、坂木の身辺から洗い始めた。

お寅も探索に加わりたがったが、薙左が引き止めた。佐平次の看病があるからだ。が、お寅としても、自分が追い詰めた坂木が、亭主を危うく殺そうとした真実も暴きたかった。お寅の〝子や孫〟の中には、おふくろのように、十手を預かっている者もおり、町火消しになったり、あるいはお寅の下で働いている若い衆になったのもいる。みんなが一丸《いちがん》となって、お寅の手助けをした。

そんな慌ただしい様子に、佐平次は気が気でなかったのか、

「危ねえことは、しないでくれよ」

と、お寅の手を握りしめた。

「親子は一世……夫婦は二世って言うからな……お寅……」

「おまえさん、私が分かるのかい？」

「思い出したわけじゃねえが、おまえには懐かしいものを感じる……それに、戻らなけりゃ、それでもいい。これから、一緒に新しく生き直すつもりでよ……おまえとふたり連れだあな」

　佐平次はしっかりとお寅の手を握りしめて、温かな笑顔を投げかけた。

　そんなふたりを、路地からじっと見ている八丁堀がいた——高山だ。その背後に、足音もなく近づいてきたのは、坂木である。

「あの男だ……その昔は、〝不動の佐平次〟という名で鳴らした盗賊だ」

「盗賊……」

「二足の草鞋の女岡っ引と盗賊……これは始末のしがいがあるだろう」

　高山はふたりを凝視したまま、

「だが、船手の早乙女が、俺たちのことに気づいている。下手に手を出すと、取り返しのつかぬことになりかねぬ」

「義之助らしからぬことを……おまえには迷惑はかけぬ。俺がきちんと、あの爺さんが俺のことを思い出す前に……」

「まあ、待て」

　お寅と佐平次の姿を見続けていた高山の目がギラリと光った。ふたりに近づいたお藤の姿に目が留まり、そして一緒にいるのが、加治周次郎だと分かったからだ。

「あいつは、元船手の筆頭与力だった、遣り手の男だ……なるほどな……そっちがそう出るなら、こっちも……」

「何をする気だ？」

「とにかく、おまえは江戸から離れた方がよかろう。船手が阿片だけではなく、島津丹波様の例の件にも感づいたようだからな」

　高山は含み笑いをして背を向けると、坂木も踵を返して、お互いただすれ違ったように立ち去った。

八

お寅と佐平次に並ぶように座ったお藤は、ニッコリと微笑んで、

「なるほど、前世から夫婦だった……そして、今生《こんじょう》でまた巡り合った……のですね」

　と言うと、

「いい話ではないか」

加治もそう返して、お互いに見合って頷きあった。

「だったら、私たちもそうかしら。ねえ、おまえさま」

お藤が照れもせずに、そう言うと、お寅は実に幸せそうな穏やかな顔になって、

「他の夫婦も、きっとみんなそうだよ。考えてみれば、今生で出会うのなんて、それこそ神仏にしか分からないことだしねえ。不思議なもんだよ、まったく」

と言った。佐平次を看病しながらも、幸せそうなお寅の顔を見て、お藤は安堵《あんど》した。

「やっぱり縁だわよね……ええ、何もかもみんな縁だって」

お寅が昔話をしたことで、佐平次の気持ちが落ち着いたようだった。この際、お寅が十手を返上して、いつまでも、ふたりが仲良くすることを、お藤は願っていた。

そうすることで、佐平次が言うとおり、また新たなふたりの関係が始まるというも

のだろう。平穏な昼下がりである。

しかし――。

非番で、お藤につきあった加治だが、どうも落ち着かぬ。武芸者の直感かもしれぬが、誰かに見られている気がしてしょうがなかった。だが、姿が見えぬ。気になっていたところ、お寅が少し離れた隙に、

――厠に行ったはずの佐平次の姿が見えなくなった。

と騒ぎ始めた。また〝徘徊《はいかい》〟かもしれぬと、みんなして付近を探したが、何処にも見当たらない。お藤たちは一斉に探し廻ったが、近くには見当たらない。

――まさか……。

お藤は胸が苦しくなった。佐平次は、お寅の亭主であることは信じられそうだが、他に確信が欲しかったのではないか。そのためには、自分が事故に遭ったところに行ってみたくなったのではないか。そんなことを、お藤は想像した。

「加治さん……私も探してみる」

亀戸天神の方へ行ったのかもしれないと、お藤は駆け出したが、加治ももう一度、付近を隈無く探した。

一方、佐平次は——。

やはり、事故に遭遇した掘割に向かっていた。珍しそうに辺りの景色を見ていたが、覚えているような、初めてのような曖昧な不安が広がっていた。

河岸に近づいた時、大八車が疾走してきて、危うく轢《ひ》かれそうになったところを、サッと手を引いてくれたのは、高山だった。振り返った佐平次は、町方与力だと分かると、

「これは、どうも相済みません……助かりました……」

と深々と頭を下げた。

「礼を言われるほどのことじゃねえが……おまえさん、何処かで見たことがある面だな。何処だっけなあ」

意味深長な言い草で、高山は佐平次の顔を覗き込んだ。

「そうか……おまえは……！」

何か言いそうになってやめた高山の態度が、佐平次は気になって、

「あっしのことを、ご存じで？」

「忘れようにも、忘れられるものかい」

俄に鋭くなった高山の目つきに、佐平次は硬直したように見つめ返した。

「おまえさん……何処に住んでるんだい」

「ちょいと向こうの……」

振り返って指を指しながら、

「そうだ。お寅という女十手持ちの亭主だそうです」

「……だそうです？」

「へえ。あっしは元々、少々、頭が惚けていたそうですが、先日、怪我をして、てめえが誰かも分からなくなりやして、へえ」

「そうかい……だったら、俺がきちんと教えてやるよ」

「あっしは誰なんです？」

「ちょいと、そこの自身番まで来な」

北町の与力だと言われて安心したのか、佐平次はついて行った。

番人に茶を出させて、佐平次を落ち着かせると、高山はおもむろに話し始めた。

「お寅の亭主なんてなあ、大嘘だ」

「え、えぇ……？」

「あいつは二足の草鞋の十手持ちだ。女だてらに俠客で、岡っ引の真似事もしてる。性悪女だが、裏渡世に顔が利くから、お上は利用しているだけだ。御用札は、北町奉行所から出てるから、俺が嘘を言っても仕方があるまい」

　かすかな衝撃を覚えたのか、佐平次は混乱したように頭を抱えた。

「そんな……親切そうに見えたが……」

「だが、どうして、おまえを匿っているのか、俺には分からぬな」

「匿ってる……？」

　さらに不思議そうな目になって、佐平次は高山を見上げた。

「不動の佐平次――それが、おまえの名だ。その昔は、ちょっとした盗人の親分だった。数人の手下を従えて、大店ばかりを狙う凄腕だったんだぜ」

「まさか……」

　佐平次は思わず自分の両手を見た。高山は透かさず、

「よく見てみな。その手がしっかりと覚えていると思うがな。ここに錠前を用意すりゃ、するりと開けられると思うぜ」

　悪戯心が芽生えた子供のように、番人に適当な鍵と釘を持ってこさせて、

「ほれ、開けてみな……頭は惚けてても、体は覚えているから」

思わず、その鍵を手にした佐平次は、あっという間に、ガチャリと開けた。

「……分かったかい？　おまえは、長い間、町奉行所に追われていた盗賊の頭だ。だが、捕らえるはずのお寅が、おまえを匿っていたんだな……そりゃ、そうさ。お寅という女は、十手は持っているが、女にしとくのがもったいないくらいの悪党だからな。おまえに、盗みでも働かせていたのではないか？」

「ち、違う……お寅は、あっしの女房です……あいつが、そう……」

「まあ、手懐けたんだろうな」

「で、でも……あいつのことを、おふくろと慕う若い者やガキどももいて……」

「そりゃそうだろう。悪さを叩き込んで、手下として使うんだからな」

睨みつける高山に、佐平次は頭を振りながら、

「違う、違う。お寅はそんな悪い女じゃねえ。そう感じたんだ、俺ア」

「思い出せば、すぐに分かるさ」

「……………」

「船に落ちる前のことは、すっかり覚えてないのかい？」

「ああ……覚えてない……」

「そうかい。だがな、おまえが覚えてようが、忘れてようが、人の金を盗み、時に人を殺《あや》めたことは消えないんだよ」

「!?――あ、殺めた……」

　衝撃のあまり、頭がくらくらしてきた佐平次は、土間にうつぶすように嗚咽《おえつ》した。信じられないが、与力が嘘をつくはずはあるまい。己の昔の姿は思いも浮かばないが、情けなくて涙がとめどもなく出てきた。

「おまえさんは、咎人なんだよ……うまく逃げおおせたつもりかもしれないが……諦めて御用になるんだな」

「………」

「奉行所には、おまえがやった証拠は幾らでも残っているんだ。物忘れをしたのには、同情はするが、てめえの悪さが作った因果と諦めるんだな」

「てめえが作った因果……」

　そう言われても、佐平次には納得しかねることがあった。お寅はもとより、薙左やお藤、一緒に暮らしている〝子や孫〟、そして近所の人々は、早く良くなるように慰めてくれていた。盗賊の頭だとしたら、そんなことを言うであろうか。そう思った。

その疑念をぶつけても、高山は、

「お寅が隠しているだけのことだ」

と答えるだけだった。

「大人しく獄門にされるんだな。下手に抗うと、お寅も同じ罪となる」

「あの……お寅が……」

苦悶の表情になった佐平次に、高山は閻魔のように睨みつけて、

「せいぜい、自分の犯した罪を怨むんだな……さて、小伝馬町に行くか」

と言うと、番人が後ろ手に縛りつけた。そして、表に連れ出したところへ――。

加治が近づいてきて、脇差を抜くなり、佐平次の縄をプッツリと切った。

「何をするッ」

高山が険しい顔で踏み出ると、加治はうっすら笑みを浮かべて、

「北町筆頭与力ともあろうお方が、かような強引なやり方はよくあるまい。いや、
強引なのは、貴殿の得意技だったか」

「……からかっておるのか、加治殿」

「自身番の中でのやりとり、格子窓の外から見させて貰ったが、どうもいけないな。小伝馬町に送るのなら、佐平次がすっかり元に戻って、自分で自白をして、それに基づく証拠を揃えて、お白洲でお奉行が裁くまで、牢送りはできまい」

「………」

「それとも、島津丹波様の入牢証書をすでに用意しているとでも言うのかな。だとしたら、あまりに周到な策略。かようなことが罷《まか》り通るのであれば、御定法も泣くだろう」

「邪魔立てするかッ」

高山がすっと近づいて刀を抜き払おうとすると、その腕をサッと押さえて、

「高山殿。この佐平次を咎人に仕立てあげて、処刑して口封じをするとは、あまりに稚拙《ちせつ》な考えではありませぬか」

「黙れ。おまえも中川船番所を預かる与力ならば、何をしているのか分かっておろうな……こやつは、不動の佐平次という盗賊だ。それを庇うと言うか」

「だとしても、とうに足を洗っている」

「関わりない！　昔のことだとて、罪は罪ではないか」

「そうではありますまい。この佐平次は、増蔵なる遊び人を、坂木岩五郎という浪人が斬ったのを見た。その命令をしたのは……あんた自身だ。だからこそ、佐平次を始末したかった。違うかい」

思わぬ衝撃を受けたのは、佐平次の方だった。

「私が……見た……？」

加治は構わず、高山に迫った。

「俺は、江戸に出入りするすべての船荷を調べる船番所の筆頭与力を預かってる身だ。こっちは若年寄預かりだからな、老中の阿部様の知らぬところで、きちんと裏を取っているんだよ、高山殿」

「…………」

「増蔵はあんたに雇われた阿片の売人だが、不都合になったら殺すとは、あまりにも身勝手過ぎないか」

「…………」

「そもそも、なんで高山殿、あんたが阿片なんぞに手を出したか……あんたが望んだことでもなかろうが、仕方なく島津丹波様の言うことを聞くしかなかったのか……阿片で稼いだ金で、鉄砲弾薬を買う。大筒を造る……そういうつもりだったのですかな？」

「加治……こやつは盗人ゆえ尋問したまでのこと。おまえの話はサッパリ分からぬ」

「往生際が悪いぜ、高山」

と少し伝法になった加治は、ポンと着物の裾を叩いて、

「だったら、上等だ。あんたにゃ、〝お白洲〟に出向いて貰いますよ。もちろん、船手頭の向井将監、そして、船手奉行も臨席しての吟味だ。観念しやがれ」

今で言えば、海事審判というところか。高山自身が関わったであろう密貿易について、篤《とく》と調べると、加治は啖呵《たんか》を切った。

九

吟味は、老中・堀田正睦の別邸の一室にて、執り行われることとなった。ここは、

増蔵が斬り殺された船着場に近く、また老中首座の阿部正弘の下屋敷とも目と鼻の先である。そして、船番所からも利便性があるということで、急遽、設けられた。

中川船番所支配の若年寄・酒井長門守が自ら、吟味進行役を担うこととなり、目付らも数人、立ち会った。もちろん、堀田正睦も臨席している。

実は、戸田泰全より、堀田に対して、

――阿部様に不穏の動きあり。

との助言があったからである。いわば極秘の意味合いもあって、辺鄙《へんぴ》な所での寄合となったのである。

阿部はペリー来航以来、幕府の面子《メンツ》を捨てて、国難に当たっていたが、幕政に対する批判を禁じた幕法に反することも堂々としてきた。外様大名や旗本らにも、今般の開国についての打開策を含めて、多く諮問したからである。

そんな混乱の中で、堀田正睦は、今年の八月、阿部によって幕政に老中として復帰させられたばかりである。

堀田はかつて、水野忠邦の〝天保の改革〟の立役者のひとりとして起用されていた。しかし、水野が罷免された時に、追い出されるように堀田も幕政から退いた。

その後、自分の領国である佐倉に戻って、順天堂という病院と私塾を兼ね備えた教育の場を造り、蘭方医学の奨励に尽力していた。それほどの開国主義者で、

――国運を振張するの道は開国にあり、国力を増強するの策は通商にあり。

という考えを持っていたほどだ。抜け荷が行われるのを裁くよりも、堂々と開国して、物資や人との交流をしなければ、この国は滅びるというのだ。むろん、西欧列強の軍事力を知っているからであるが、その幕府の重職が、たかが遊び人の死と、阿片の事件くらいのことで、多忙の合間を縫って、物々しい警護の者たちをつけてまで、来るわけがなかった。

「では……」

酒井がおもむろに話し出したのは、船手奉行所から言上されたことである。

「北町奉行・島津丹波が密かに、阿片をただ同然に抜け荷として仕入れ、それを江戸市中に蔓延《はびこ》るならず者を通して、高値で売り払い、それで儲けた金を私腹していたとあるが……南町奉行所筆頭与力・高山義之助、これへ出ませい」

と酒井の指図を受けて、高山が進み出ると、堀田や目付らが凝視した。

「おぬしの成したことは、すべて島津丹波の命令に従ってやったことであろうから、

この場にては責任は問わぬ。正直に申せ。島津丹波は、船手奉行所や船番所、さらには船手頭が調べたとおり、抜け荷をしていたのか」

射るような目で酒井が訊くと、高山は冷静な態度で、

「知りませぬ」

とだけ答えた。下手なことを言うと、処刑されると思っていたからだ。だが、酒井はもう一度、高山の罪は一切、問わぬと言った。狙いはあくまでも、町奉行の島津丹波の行状についてであろうと思われた。

「高山。正直に話すがよい」

さらに、酒井は強い口調で求めた。

「異国船が江戸に迫ってきておる。中には、非合法に幕府の役人に近づいて、阿片をばらまき、清のように貶めんと目論《もくろ》んでいる国もあるだろう」

「…………」

「坂木や増蔵などというのは、氷山の一角であろうが、それが町奉行所ぐるみとなれば、話は別だ。おまえが関わっていたことは不問に付す。誰に命じられて、阿片の売買に荷担をしていたか、はっきりと申せ。増蔵は坂木が殺し、おまえがそれを

庇っていることも、我らは摑んでおる。無実の罪に陥れた浪人は、堀田様の命令で解き放っておる」

「！……」

「どうじゃ、高山」

明らかに脅しである。このような幕府重職に囲まれれば、怯むのも当然であろうが、高山は素知らぬ顔をしていた。

「――ならば、証人を呼んでおる」

酒井は口調を穏やかにして、控えの間にいた薙左を呼びつけた。

丁重な礼をして入ってきた薙左の顔を、高山はちらりと見たが特に表情は変えずに黙然と座っていた。

「早乙女。探索したことを申してみよ」

「はい――」

薙左は一同を見廻してもう一度、礼をしてから、高山に言った。

「実は……坂木に殺された増蔵は、船手で使っていた密偵です。土左衛門で上がった時、町方の者が見張っている節があったので、わざと知らぬふりをしていたが、案の定、高山殿……あなたが現れた。売人としか思っていない貴殿は、この男の身の廻りを探られれば、自分や坂木に繋がると思っていたからでしょうが、増蔵から聞いて、あなたが関わっていることは、すでに承知しておりました」

「よく、さようなでたらめを……」

高山が思わず反論しようとするのへ、薙左は投げかけるように、

「本当のことです」

「ならば、何故、その時に言わなかった」

「そこもとを泳がすためです。阿部様の家臣だった坂木を燻《いぶ》り出し、阿部様に忠実な島津丹波様を引きずり出すためです」

「…………」

「増蔵は大切な生き証人だった。最後の最後、坂木を追い詰めたつもりだったが……逆に消されてしまった。船手の密偵とは思っていなかったようだが、売人として知り過ぎたことがあったからだ」

「知り過ぎたこと？」

「むろん、町方与力のそこもとが関わっていることや、その背後にあることも……

だから、消さざるを得なかった」

「………」

「売人は、それこそ沢山いたのだろうが、稼いだ金を何に使おうとしていたのかも、こちらでは調べています。流れた金はざっと五万両。信じられぬような大金だが、手を出していたのは、大名の奥向きだという報せもあります。相手が大名だけに、これが事実かどうかは、まだ精査しておりませぬが、島津丹波様のもとに流れたのは、確かでございます」

「下らぬ」

毅然と高山は言った。

「ならば、〝鬼子母神のお寅〟と呼ばれた女岡っ引は知ってますな。その亭主の佐平次を殺そうとしたくらいですから」

「………」

「その佐平次が、物忘れから戻りました。高山さんが恐れていたことですが、坂木の顔ははっきりと覚えているし、そもそも……佐平次も阿片の探索をしていたそうです、お寅と一緒にね」

　薙左は淡々と続けた。

「丁度、その日……坂木の行方を追っていた佐平次は、阿部様の屋敷に出入りしていたことを見つけて、尾けていたところだったとか……そこで、増蔵殺しを見た」

「何をでたらめをッ」

　高山は思わず声を強めたが、薙左はじっと見据えたまま、

「そこもとは、それこそ殺しや盗みをした者たちを匿ってやる代わりに、阿片の売人をやれと誘っていた。言い訳は無用。坂木は、所詮はあんたの下で仲介役をしていただけで、阿片を何処から仕入れ、何処へ運ばれ、誰を通じて流れていたかを知ってるのは……あんただけだ」

「………………」

「お寅は、坂木を見つけたものの、その裏にいる大元締を縛らない限り、事件は解決しないと思っていた。つまり……奉行所内部にいる、阿片一味と通じている者を探すしかない……と考えたのだ。幾ら、奥村が頑張ったところで、隠れ家をモヌケの殻にできたのは、奉行所内に一味がいたからに他ならぬ……それが、あんただ、高山さん」

「黙れ、早乙女……おまえならではのハッタリだろうが、知らぬものは知らぬ」

「ですが、坂木は、あなたに命じられたことだと白状しました」

「！……」

「船手にて、鮫島が問い詰めたのです」

「まさか、拷問をしたのか！　さようなことをして吐かせたことなど、信じられぬ！」

「拷問はしておりませぬ。酒井様がおっしゃったのと同じで、免罪すると言ったまで。さすれば、阿片の隠し場所まで教えてくれた。町奉行が差配している米蔵に隠しておったとは、お釈迦様でも気づくまい……と洒落るわけにもいきますまいな」

高山は、坂木の裏切りを知って、明らかに動揺したのか、肩を震わせるだけで、何も言わなかった。ゆっくりと目を閉じたが、反省をするのではなく、次の思案をしている様子の高山に向かって、堀田が口を開いた。

「阿部様は承知していることなのか」

「………」

「おまえは命じられただけなのか。それとも……」

「私ひとりでやったことでございます。阿部様はもとより、お奉行も知らぬことです」

「高山……おぬしの先祖は元は神君家康公に仕えた旗本だが、それを誇りとして、幕府のために身を捨てる覚悟で、町方与力を担っていたと聞くが、先祖に恥ずかしくないか」

「……国難を救うためです」

「なんだと？」

「拙者、町方の十手を預かっているのは、悪い奴を捕らえるためだけではありませぬ。人殺しや盗みを働く者は咎人には違いない。されど、本当の悪党とは、この国難を見て見ぬふりをしている能無しどもではありませぬか！　異国の言いなりになって、何の手立てもせぬ連中ではありませぬか！」

口から唾《つば》を飛ばす勢いで、高山は一同を見廻して、

「あなたたちのことを言っているのです！　バカが動かぬならば、我ら徳川幕府の中の下っ端が、何としてでも踏ん張らねば、幕府は救えぬ。倒れてしまうッ。抜け荷なんぞは、そのような危難においては意味のない罪だ。いや、罪にすらならぬ。

異国を出し抜いて、異国から入ってくる金でやっつければいいのだ！」

勢いのあまり立ち上がろうとするのを、薙左がすっと近づいて座らせて、

「江戸町民や諸藩の領民を苦しませて、何が国難を救えぬだ！」

「離せ！　このやろう！」

高山は初めて激昂《げっこう》して、感情を露わにしたが、その豹変ぶりを冷静に見ていた一同は、深い溜息をついた。

「——高山……」

堀田がまた声をかけた。

「まこと、さような思いがあるのなら、別の手立てがあったはずだ。阿片や武器弾薬を密かに持ち込むことが、直ちに国力をつけることにはならぬ。本当の国力をつけるためには、通商しかない。それが、阿部様と私の考えの一致するところだ」

「…………」

「だが、阿部様がおまえにつまらぬことを命じていたとしたら……たとえ恩人であっても、厳しく処せねばならぬ」

そこまで言った時である。

グラグラッと揺れたかと思うと、ドドン！――爆発のような音がして、地面全体が揺れ始めた。一瞬、異国の軍船から大砲でも撃ち込まれたのかと思ったが、かなり大きな揺れで、立つどころか、座ってもいられない激しい揺れであった。

「地震だ……！」

誰かが叫んだ次の瞬間、メキメキと轟音を立てて梁が落ち、壁が崩れ、柱が倒れてきた。ほんの短い間の出来事に、この場にいた者たちは逃げることもできず、薙左たちは怒濤《どとう》のように落下してくる木材の下敷きになってしまった。

土埃《つちぼこり》や灰燼《かいじん》が舞い上がり、一瞬にして目の前が見えなくなっている。

「無事か！　みな、生きておるか！」

堀田が叫ぶ声に、それぞれが呼応していたが、薙左が柱が折り重なった隙間から這い出てくると、そこには――梁の直撃を受けて、即死をしていた高山の姿があった。

「…………」

瞑目《めいもく》する暇もなく、薙左は高山を瓦礫《がれき》の中から引っ張り出そうとしたが、体のほとんどが挟まれていて、ひとりではどうしようもなかった。台所から出たと思われる火は大きくなり、近くの寺社や長屋、商家なども傾いたり潰れたりしており、火の手があっという間に広がっている。

「人々を、江戸町人たちを助けねば……助けねばならぬッ」

その使命感に鼓舞されるように、薙左は高山に合掌をしてから、立ち去らざるを得なかった。脳裏に、静枝と圭之助の顔が浮かんだ。妻子のことが気がかりだったが、

「義父がいるゆえ大丈夫だ」

と胸に言い聞かせて、瓦礫が広がる江戸の町々を眺めながら、船手奉行所へ向かった。呆然《ぼうぜん》と佇んでいる暇などなかった。

安政の大地震——である。

江戸湾の北部が震源とされるこの地震は、丁度、この〝お白洲〟が開かれていた本所深川など隅田川の東側が最も揺れたという。今でいう震度六に相当し、震度四を超えた地域は東北や東海にも及んだ。

江戸の被害は甚大で、江戸城を中心とした周辺は、全壊した大名屋敷も多く、町場では倒壊家屋が二万戸に及び、死者は武士や町人を合わせて、一万五千人を超え

た。また火事による被害も広がり、町場はもとより、旗本や御家人の屋敷も八割近くが焼失し、大きな被害を受けたのである。

もちろん、江戸城や幕閣らの屋敷も被害を受けたが、将軍の身は助かったものの、この国難に加えて、地震の被害が大きくのしかかったことから、復興のための幕府の財政難は悪化の一途を辿らざるを得なかった。

この大地震の数日後、阿部正弘がなぜか辞任をして、堀田正睦が老中首座となり、外国掛老中を兼任することとなった。翌年には、来日したアメリカ総領事のハリスと通商条約締結に向けて協議を進めたが、徳川御三家の水戸《みと》斉昭《なりあき》ら攘夷派からは猛烈な反対をされ、病弱な将軍家定《いえさだ》の継嗣問題などが重なって、幕末の混乱は極致を迎えるのである。

そんな時代の流れの中で、薙左たち船手奉行所の命運も変わらざるを得ない。焦臭い世相が膨らむ中で、船手として国防を担わねばならぬが、その先に広がる海に輝く、眩しい光を——薙左は見つめていた。

この作品は書き下ろしです。

船手奉行《ふなてぶぎょう》さざなみ日記《にっき》(二)

海光《うみひか》る

井川香四郎《いかわこうしろう》

平成25年6月15日　初版発行

発行人――石原正康
編集人――永島賞二
発行所――株式会社幻冬舎
〒151-0051東京都渋谷区千駄ヶ谷4-9-7
電話　03(5411)6222(営業)
　　　03(5411)6211(編集)
振替00120-8-767643
印刷・製本―中央精版印刷株式会社
装丁者――高橋雅之

幻冬舎時代小説文庫

ISBN978-4-344-42033-5　C0193　い-25-9